Bianca

INOCENCIA Y PLACER
Rachael Thomas

HARLEQUIN™

Editado por Harlequin Ibérica.
Una división de HarperCollins Ibérica, S.A.
Núñez de Balboa, 56
28001 Madrid

© 2019 Rachael Thomas
© 2019 Harlequin Ibérica, una división de HarperCollins Ibérica, S.A.
Inocencia y placer, n.º 2731 - 2.10.19
Título original: Seducing His Convenient Innocent
Publicada originalmente por Harlequin Enterprises, Ltd.

I.S.B.N.: 978-84-1328-488-0
Depósito legal: M-27191-2019
Impreso en España por: BLACK PRINT
Fecha impresión para Argentina: 30.3.20
Distribuidor exclusivo para España: LOGISTA
Distribuidor para México: Distibuidora Intermex, S.A. de C.V.
Distribuidores para Argentina: Interior, DGP, S.A. Alvarado 2118.
Cap. Fed./Buenos Aires y Gran Buenos Aires, VACCARO HNOS.

MIXTO
Papel procedente de
fuentes responsables
FSC® C108412

Este libro ha sido impreso con papel procedente de fuentes certificadas según el estándar FSC, para asegurar una gestión
responsable de los bosques.

Prólogo

Primavera en Londres

Lysandros Drakakis vio cómo Rio Armstrong, la mujer a la que deseaba más que a ninguna otra en el mundo, se sentaba delante del piano. Toda la sala esperaba expectante el recital que él había organizado para sus clientes en uno de los mejores hoteles de Londres.

Rio era preciosa. Alta, esbelta y elegante. Y mientras todo el mundo esperaba que empezase a tocar, Lysandros se la estaba imaginando entre sus brazos, besándolo con una pasión que, hasta el momento, había sido capaz de resistir. No obstante, ella le había dejado entrever su deseo cada vez que se habían besado.

Los había presentado la hermana pequeña de Lysandros, Xena, asegurando que estaban hechos el uno para el otro, y él llevaba dos meses comportándose como todo un caballero con aquella belleza. Había tenido paciencia y había permitido que fuese Rio la que impusiese el ritmo de su relación. Aunque aquel no fuese su estilo, después del desastre ocurrido diez años antes con Kyra, prefería no dejarse llevar únicamente por la pasión.

Pero el control que había tenido que ejercer sobre sí mismo desde que había empezado a salir con Rio estaba empezando a tener serios efectos colaterales. Solo la había besado y no podía dejar de imaginar sus cuerpos desnudos entrelazados, y mientras Rio empezaba a tocar las primeras notas al piano, Lysandros cerró los ojos y se obligó a tranquilizarse para intentar no imaginársela acariciándolo a él.

Rio le había advertido desde el principio que tenía compromisos profesionales y que dedicaba muchas horas al día a tocar el piano, y había utilizado aquella excusa para no profundizar en su relación, pero el verano se acercaba y la temporada de conciertos pronto terminaría, así que Lysandros estaba decidido a llevársela a la casa que tenía en Grecia, donde pretendía que floreciese la atracción que existía entre ambos.

El sonido de los aplausos inundó la habitación, haciéndolo volver al presente. Lysandros se preguntó cuánto tiempo habría estado perdido en sus pensamientos. Rio se puso en pie y se inclinó ante el público, sonriente. Era una estrella naciente en el mundo de la música clásica y aquellas actuaciones eran su manera de llegar a un nuevo público.

Mientras todo el mundo se marchaba en dirección al restaurante o al bar del hotel, Lysandros se acercó al piano. Rio lo miró y sonrió, y él casi pudo sentir que, tal y como Xena le había adelantado, aquella mujer le haría volver a creer en el amor.

–Excelente actuación, Lysandros –comentó Samuel Andrews con voz ronca.

Lysandros acababa de firmar un contrato con él para venderle diez yates de lujo.

–Sí –le respondió, mirando al otro hombre y dándose cuenta de que Rio estaba a punto de marcharse.

No podía dejarla escapar sin decirle lo maravillosamente que había tocado, y quedar con ella para cenar.

–Si me disculpa –le dijo a Andrews.

No esperó su respuesta. En esos momentos lo único que le importaba era estar con Rio. En un par de días tendría que volver a Grecia, donde pasaría las siguientes semanas trabajando, y sabía que iba a echarla mucho de menos.

Rio lo miró y su sonrisa, tímida, pero sensual, lo convenció todavía más de que necesitaba llevársela a Grecia.

–Has estado espectacular –le dijo–. Tocas como los ángeles.

Admiró su gracia y elegancia con aquel vestido negro que llevaba puesto, que dejaba un hombro al descubierto y se pegaba a sus pechos. Llevaba el pelo recogido en un sensual moño y él se imaginó deshaciéndoselo antes de hacerle el amor.

Ella recogió las partituras y se las apretó contra el pecho.

–Gracias –le dijo, feliz, con los ojos brillantes.

Lysandros se dijo que por fin estaba consiguiendo traspasar su coraza y pronto sería suya.

–¿Significa eso que vas a invitarme a cenar esta noche? –le preguntó ella.

Él se acercó más e, incapaz de resistirse a tocarla, le apartó un mechón de pelo de la cara mientras la miraba fijamente a los ojos.

–Por supuesto, en especial, teniendo en cuenta que voy a tener que volver a Grecia al final de la semana.

–¿Tan pronto? –inquirió Rio con voz ronca.

–Sí, *agape mou*, tan pronto.

Lysandros solo podía pensar en tomarla entre sus brazos y besarla apasionadamente.

–Tengo que ir un momento a hablar con Hans, el director de la orquesta. Quiere que repasemos unas piezas, pero después estaré libre –le dijo ella–. Libre para disfrutar de las últimas noches que nos quedan juntos.

–¿Las últimas? –repitió Lysandros, fijándose en que Rio se había ruborizado de repente.

–Sí –susurró ella en tono sensual, acercándose más a él, mirándolo a los ojos–. Quiero pasar esta noche contigo.

–¿Estás segura? –le preguntó él, que estaba dispuesto a esperar y quería que ella lo supiese.

–Completamente.

Él la besó con suavidad y tuvo que obligarse a retroceder para no continuar.

–En ese caso, me aseguraré de que sea una noche muy especial, *agape mou*.

–Lo será porque estaré contigo –le dijo ella ruborizándose de nuevo–, pero antes tengo que terminar con esto. Ya sabes lo mucho que nos hace trabajar Hans. Además, tú tienes que ir a atender a tus invitados.

Lysandros la vio alejarse y vio cómo se giraba a mirarlo, sonriente. Él también estaba feliz, era un hombre diferente desde que salía con Rio, con la que su hermana Xena estaba convencida de que acabaría prometiéndose.

Rio estaba exultante y se sentía aturdida al saber lo que iba a hacer aquella noche. Iba a entregarse, iba a regalarle su virginidad al hombre de sus sueños. Era hermano de su mejor amiga, había estado prometido antes, pero era el hombre que la hacía sentirse viva. A pesar de saber que él no buscaba una relación seria ni un compromiso, quería estar con él.

Abrió la puerta del salón en el que ensayaban y se acercó al piano. Hans había insistido en repasar algunas obras que iban a tocar durante los últimos conciertos de la temporada. Era temprano, así que Rio tenía tiempo de ponerse a tocar solo por placer.

No se había entretenido cambiándose porque quería terminar con aquello cuanto antes y volver con Lysandros. De hecho, por primera vez en su vida no quería estar allí, sino en otra parte. Quería estar con Lysandros aunque supiese que el único objetivo de él era llevársela a la cama.

Se sentó frente al piano y pensó en sus besos.

Empezó a tocar con el corazón acelerado y expresó toda la emoción que sentía en esos momentos con sus dedos.

Cerró los ojos y disfrutó del momento.

—Qué bonito —dijo Hans a sus espaldas, muy cerca de ella.

Rio dio un grito ahogado y se giró, molesta por aquella invasión de su intimidad. Se sintió vulnerable y expuesta.

—Tenías que haberme avisado de que estabas aquí —le dijo en tono molesto.

—¿Y estropear semejante momento? —preguntó él, recorriendo su cuerpo con la mirada—. Estabas preciosa, tan apasionada.

Se acercó más y Rio se sintió amenazada. Hans olía a alcohol y no le gustaba cómo la estaba mirando.

—¿Quieres que repasemos las últimas obras?

—Toca para mí —le pidió él, como si hubiese sabido que la pieza anterior la había tocado para otro.

Ella tragó saliva e intentó tranquilizarse. Volvió a girarse hacia el piano.

—Esta —le dijo Hans, inclinándose sobre su hombro y pasando las páginas de la partitura.

«Toca», pensó ella. «Toca y se apartará».

Tomó aire y colocó los dedos delicadamente sobre las teclas del piano para empezar a tocar. Al principio seguía tensa, pero poco a poco se fue relajando y la música fluyó de forma natural en la enorme habitación.

Terminó y se quedó mirando las teclas, sin atreverse a mirar a Hans. Notó su mano en el hombro desnudo y se puso tensa. ¿Qué estaba haciendo?

Se giró y miró la mano de Hans, incapaz de moverse más. Se dijo que debía levantarse y marcharse, pero estaba paralizada por el miedo.

Y él bajó la mano a su pecho.

Rio retrocedió.

–No –le dijo, agarrándole la mano que ya tocaba su pecho–. ¿Qué estás haciendo?

Su grito retumbó en el salón mientras Hans le agarraba con fuerza el otro pecho.

–Te estoy dando lo que quieres –le dijo él en tono duro, amenazador.

–No, no. No quiero –protestó ella, intentando zafarse de él.

–No seas tímida, Rio. Sé que quieres –insistió él, haciéndole daño en el pecho.

Ella se apretó contra el piano y un sonido discordante emanó de él. Consiguió ponerse en pie y, por fin, separarse de Hans, pero estaba tan sorprendida por lo que acababa de ocurrir que lo único que consiguió hacer fue quedarse inmóvil, respirando con dificultad.

Cuando se dio cuenta de su error ya era demasiado tarde. Hans se había movido con rapidez y estaba atrapando su cuerpo contra el piano.

Rio oyó cómo se rasgaba su vestido y lo empujó.

–Suéltame.

Pero era demasiado fuerte para ella.

–Me gusta que te pongas dura –le dijo él, intentando besarla en el cuello.

–¡No! –gritó Rio, presa del pánico, incapaz de creer que Hans le estuviese haciendo aquello–. No. Para.

–¿Qué demonios está pasando aquí? –inquirió otra voz masculina.

Y Hans la soltó.

Ella intentó recuperar la respiración, aliviada al notar que Hans se apartaba.

Dos miembros masculinos de la orquesta agarraron al director y ella se dejó caer al suelo y se aferró al taburete que había delante del piano como a un salvavidas en medio del mar.

Apoyó la cabeza en los brazos mientras oía cómo Hans decía que había sido ella la que le había dado pie.

Sintió que se le llenaban los ojos de lágrimas.

–¿Estás bien? –le preguntó una voz de mujer en tono amable, pero enfadado.

Rio miró a su alrededor como un conejillo asustado.

–Ya se ha ido –le dijo la otra mujer.

–Gracias a Dios –respondió ella, temblando–. No sé qué habría pasado si no hubieseis llegado.

–Qué cerdo –dijo la otra mujer–. Menos mal que la sala estaba reservada por partida doble y que he llegado con Philip y Josh.

–¿Cómo que había dos reservas? –preguntó Rio confundida.

La otra mujer le puso su chaqueta por encima de los hombros.

—No te preocupes por eso. Solo tienes que saber que la policía no tardará en llegar para llevárselo, pronto estará entre rejas y no podrá hacerle eso a nadie más.

—¿Qué quieres decir? —le preguntó Rio con los ojos llenos de lágrimas.

—Tendrás que declarar ante la policía, por supuesto.

—¿La policía?

—Sí, los he llamado yo mientras Philip y Josh te lo quitaban de encima.

Fue entonces cuando Rio la reconoció. Era Judith Jones, que había llegado recientemente a la compañía, era una excelente directora y, en esos momentos, también su salvadora.

Rio intentó ponerse en pie y se dio cuenta de que tenía el vestido roto.

—Mi vestido —balbució.

Judith la abrazó.

—El vestido no importa, Rio. Lo único que importa es que hemos llegado a tiempo.

—En caso contrario…

—Hemos llegado —repitió Judith para tranquilizarla—. Y ahora solo tienes que contárselo a la policía.

—Sí.

—Después, vendrás conmigo a casa. Esta noche yo cuidaré de ti, salvo que prefieras estar con otra persona, por supuesto.

—No —susurró Rio con tristeza.

Ya no podía pasar la noche con Lysandros y sabía que Xena estaba ocupada.

—No tengo a nadie más esta noche —añadió.

—Entonces, decidido, te quedarás conmigo —repitió Judith con firmeza.

Rio sonrió débilmente. Sabía que tenía que haber estado con Lysandros, descubriendo por fin lo que era estar con un hombre, pero no podía hacerlo. No podía soportar la idea de que ningún hombre la tocase, ni siquiera el hombre del que se había empezado a enamorar.

Capítulo 1

HABÍAN PASADO seis semanas desde que Rio había visto a Lysandros. Seis semanas desde que le había dicho que quería pasar la noche con él. Y seis semanas desde que todo su mundo se había venido abajo.

Lo ocurrido aquella noche después del recital había hecho que tuviese que dejar al hombre que era dueño de su corazón.

Y en esos momentos estaba viviendo otra circunstancia impactante de la vida. Xena había sufrido un accidente de tráfico la noche anterior y estaba en el hospital y Lysandros estaba a punto de llegar.

—Xena.

La voz de Lysandros sacó a Rio de sus pensamientos mientras este aparecía por la puerta de la habitación, con la vista clavada en su hermana, que estaba dormida.

A Rio se le aceleró el corazón al ver que Lysandros volvía en entrar en su vida. Se sintió paralizada y vio, desde el sillón en el que estaba sentada, cómo Lysandros se acercaba a la cama y estudiaba con la mirada a su hermana.

Entonces, como si hubiese sentido su presencia,

se giró hacia ella y la miró con tal frialdad que a Rio se le rompió el corazón.

—¿Rio? —dijo él—. ¿Cuándo has llegado?

—Temprano, esta mañana —respondió ella, sin saber qué más decirle.

—¿Sabes cuánto tiempo más va a estar dormida?

—Ha llegado muy nerviosa y no se acordaba de nada, así que los médicos la han sedado —respondió Rio, intentando centrar su atención en Xena y no mirar a Lysandros a los ojos—. Han dicho que estará un tiempo aturdida y les preocupa que el golpe que se ha dado en la cabeza le afecte a la memoria.

—¿La memoria?

—No se acordaba del accidente, ni de ningún otro acontecimiento reciente, solo sabía quién era.

—¿Y cómo ocurrió? —le preguntó Lysandros en tono firme, intentando comprender.

Rio se preguntó cómo iba a contarle aquello sin que se enterase de la nueva relación de Xena, relación que había terminado la noche anterior. Aquel podía ser el motivo por el que estaba en el hospital, pero eso daba igual.

A pesar de no recordarlo, Xena le había pedido a Rio que le prometiese que no contaría a Lysandros que salía con Ricardo, un hombre casado. Pero Xena ya no se acordaba de nada, ni siquiera de Ricardo. Los médicos habían dicho que era probable que la amnesia fuese temporal, pero en cualquier caso Rio solo quería ayudar a su amiga, y si eso implicaba volver a mentirle a su hermano, lo tendría que hacer.

Rio se sintió frustrada. Si hubiese conseguido convencer a Xena de que su amante había puesto fin a su relación para intentar salvar su matrimonio, de que no iba a dejar a su esposa, tal vez el accidente jamás habría ocurrido y Xena no estaría allí en esos momentos. Pero no había logrado convencerla y Xena se había marchado de casa después de que ella se hubiese dormido y en esos momentos Rio se sentía culpable por lo ocurrido.

–¿Qué pasó? –insistió Lysandros.

–Un coche se saltó el semáforo y chocó contra el de Xena, haciéndolo volcar –le explicó, cerrando los ojos.

Estaba cansada y disgustada. Y, para colmo, allí estaba él.

–¿Tú estás bien? –le preguntó Lysandros.

Ella abrió los ojos y lo vio de cuclillas, justo delante, agarrado a los brazos del sillón y atrapándola entre ellos. Entonces pensó en Hans, pero se dijo que no podía dejar que aquello siguiese marcando su vida. Necesitaba superarlo.

–¿Rio? –la llamó Lysandros preocupado, apoyando una mano en su regazo.

El calor de su piel hizo que Rio se sintiese curiosamente segura.

Lo miró y tuvo que recordarse que estaban allí por Xena.

–Preocúpate por tu hermana, no por mí –le dijo en tono frío.

Él se incorporó y ella lo miró a los ojos oscuros. No pudo apartar la vista. Se preguntó si el deseo que habían sentido en el pasado se habría apagado para siempre.

Se obligó a mirar a Xena, desesperada por retomar las riendas de sus emociones. Después miró a Lysandros otra vez.

—He hablado con el médico y no debería tardar en despertar. Tiene el brazo y la muñeca rotos, pero esperan que se curen bien, aunque no pueda tocar el violín durante bastante tiempo.

Aunque ella sabía que lo que más le iba a preocupar a Xena no era poder tocar el violín, sino la pérdida del hombre al que había amado. Si se acordaba de él. A Rio se le llenaron los ojos de lágrimas y parpadeó con rapidez para contenerlas. Se puso en pie y se acercó a la ventana. Era primavera y fuera brillaba el sol.

—¿Por qué? —le preguntó Lysandros, mirando a su hermana.

—Porque, incluso sin tener en cuenta la amnesia, tardará un tiempo en recuperarse. Tal vez no esté curada ni siquiera para el otoño, cuando empiece la temporada.

Rio sabía que aquel no sería el motivo por el que Xena no querría volver a unirse a la orquesta. Ricardo formaba parte de ella.

—En ese caso lo mejor será que Xena vuelva a Grecia —comentó Lysandros, mirando a su hermana y después a ella.

Rio no tenía intención alguna de llevarle la contraria. De hecho, se sintió aliviada al oír aquello. Si Xena se marchaba de Londres los rumores acerca de su relación con Ricardo probablemente se acallarían.

–Sí, estoy de acuerdo en que es lo que necesita, dadas las circunstancias –dijo Rio, consciente de que Lysandros seguía estudiándola con la mirada.

Este se acercó también a la ventana y miró hacia fuera antes de girarse hacia ella. Rio se sintió atrapada, temerosa de que Lysandros le pidiese una explicación, le preguntase por qué lo había dejado plantado aquella noche.

–¿Y tú? –le preguntó este en tono amable, con gesto de preocupación–. Es evidente que todo esto también te afecta a ti.

–Yo me quedaré en Londres –respondió ella en un susurro, hipnotizada por su mirada.

Lysandros levantó la mano y le apartó un mechón del rostro como había hecho la última vez que se habían visto. Antes de besarla.

Rio contuvo la respiración. Tenía el corazón tan acelerado que no podía ni hablar. Solo podía perderse en aquellos ojos negros.

–Tú también estás en shock. No deberías estar sola –continuó él.

Rio se apartó de él.

–Estaré bien aquí.

–Seguro que Xena quiere tenerte cerca –insistió él.

–No, tengo que quedarme aquí.

Lysandros se fijó en el rostro de Rio, que iba sin maquillar y vestida con pantalones vaqueros y un jersey. Su aspecto era completamente inocente. Se preguntó qué le pasaba con aquella mujer y por qué quería intentar conquistarla a pesar de que ella le hubiese dejado.

Xena se movió en la cama y él apartó todo aquello de su mente. Rio se acercó al lado de su hermana y él, en vez de concentrarse también en Xena, solo pudo mirarla a ella.

–Lysandros está aquí –la oyó decir en voz baja mientras Xena abría los ojos.

Estaba pálida y puso gesto de dolor al intentar cambiar de postura en la cama. Rio le colocó las almohadas y Lysandros tuvo la sensación de que estaba dispuesta a hacer cualquier cosa con tal de no mirarlo.

–¿Lysandros? –preguntó Xena con voz temblorosa, mirándolo.

–He venido en cuanto me he enterado –le dijo este, tomando su mano, consciente de que Rio lo estaba mirando.

–Pero si acababas de volver a Grecia –comentó Xena con voz débil, mirándolo a él y después a su amiga.

Lysandros pensó que hacía seis semanas que estaba en Atenas, pero era evidente que Xena no lo recordaba.

–¿Cómo iba a quedarme allí? He venido en cuanto mamá me contó lo de tu accidente.

–¿He tenido un accidente? –preguntó Xena sorprendida.

–Sí –le respondió Rio–. Un accidente de tráfico.

–No lo recuerdo –admitió Xena, sacudiendo la cabeza–. No me acuerdo de nada.

–No te preocupes –la tranquilizó Rio–. Te has dado un golpe en la cabeza y es normal que no te acuerdes de nada ahora mismo. Voy a ir a buscar al doctor.

–No, no te marches –le rogó Xena, y Rio dudó–. Hay algo más, ¿verdad? Ocurre algo entre vosotros dos, puedo sentirlo.

–No te preocupes por nosotros –le dijo Rio.

Xena rio suavemente y Lysandros la miró sorprendido, preguntándose si justo después se echaría a llorar.

–Bueno, espero que sigáis enamorados –comentó su hermana–, porque es evidente que estáis hechos el uno para el otro.

Lysandros no se atrevió a mirar a Rio. Xena no recordaba el accidente, ni que Rio y él ya no salían juntos.

–Por supuesto que seguimos enamorados –le aseguró.

Entonces miró a Rio y se dio cuenta de lo cerca que estaban, tan cerca, que con solo inclinarse podía darle un beso. Y eso era lo que quería hacer.

–Por supuesto –dijo esta, mirándolo a los ojos y frunciendo el ceño al darse cuenta de lo que Lysandros iba a hacer.

Pero él se apartó de la tentación.

–Por eso vas a venir con nosotros a Grecia, ¿verdad, Rio? Estoy seguro de que es lo que Xena necesita para recuperarse.

—No es necesario —respondió ella con firmeza.

Lysandros estaba preocupado por su hermana, pero en esos momentos solo podía pensar en llevarse a Rio a su isla griega. Y en estar con ella a solas. Entonces la convencería de que tenían que continuar con su relación. Deseaba a Rio, no podía olvidarse de ella. Y no era solo porque hubiese sido la única mujer que lo había dejado. Desconocía el motivo, pero solo quería hacerla suya.

Rio se apartó de la cama, de él, como si hubiese sentido lo que se proponía, que Lysandros no podía soportar la idea de que ella no lo desease.

Y era cierto, era una idea que no podía soportar.

—¿Verdad que quieres que Rio venga contigo a Grecia?

—Sí —dijo Xena con voz todavía débil, mirándolos a ambos.

—En ese caso, lo organizaré todo inmediatamente.

Se dio la media vuelta para salir de allí porque no soportaba estar tan cerca de Rio y no poder tocarla.

—Voy a hablar con el médico.

Rio lo siguió fuera de la habitación.

—Lysandros, ¿puedes esperar? —le preguntó en tono enfadado—. ¿Por qué permites que Xena piense que seguimos juntos?

—Porque no quiero disgustarla.

—Pero yo no puedo ir a Grecia y fingir que todo está bien entre nosotros —le dijo ella, levantando la barbilla de manera desafiante.

Aquella actitud, en vez de disgustarlo, lo excitó todavía más.

—Rio —le dijo, acercándose más—. Xena te necesita. Eres su mejor amiga.

Ella se cruzó de brazos.

—Tengo que tocar el piano todos los días, aunque se haya terminado la temporada —añadió.

Él sonrió al oír aquella excusa tan débil. Se preguntó si tenía miedo de lo que había entre ambos.

—Xena tiene un piano estupendo en su casa.

No añadió que él también tenía un piano en su piso de Atenas, pero la idea de tenerla allí, tocando para él, hizo que la desease todavía más.

Pero Rio negó con la cabeza.

—No. Tengo que quedarme en Londres.

Él se acercó más. Sabía que Xena querría que su amiga la acompañase y él también necesitaría a Rio porque, aunque le costase admitirlo, le costaba conectar emocionalmente con nadie, incluso con Xena.

—¿Por qué estaba Xena sola, si no suele conducir nunca de noche?

La pregunta enfadó a Rio, que apretó los labios con firmeza antes de responder.

—Yo me había quedado dormida. Habíamos… discutido.

—¿Estaba saliendo con alguien? —le preguntó él.

—Eso tengo entendido.

—¿Con quién?

—Era solo un amigo.

—¿Y qué hacías tú? —la interrogó, odiándose a sí

mismo por querer saber dónde había estado Rio esa noche.

Xena le había asegurado que su amiga no había salido con nadie desde que había roto con él, pero Lysandros seguía teniendo la sensación de que le faltaban muchas respuestas.

—Yo me fui a la cama y di por hecho que Xena había hecho lo mismo —le respondió Rio, retándolo a poner en duda su explicación.

Cosa que él iba a hacer porque no había llegado donde estaba en los negocios sin asumir riesgos.

—Has dicho que habíais discutido. ¿Acerca de qué?

—Eso no importa ahora.

—¿Por qué no?

Rio respiró profundamente y se acercó más a él.

—Porque no tiene importancia, no te preocupes —le aseguró.

—Mi hermana está en el hospital y no se acuerda del accidente ni de muchas otras cosas. Supongo que tengo derecho a estar preocupado.

—Estábamos hablando de un hombre —admitió ella—. No necesitas saber más.

Y él pensó que era evidente que Rio le había dejado por otro.

—¿Y es ese hombre el motivo por el que me dejaste? —inquirió.

—Eso no importa ahora —volvió a responderle ella.

—¿Por qué me dejaste, Rio? —insistió él—. ¿Fue porque me habías dicho que querías pasar la noche conmigo?

–No.

–Entonces, ¿por qué cambiaste de opinión?

Lysandros quería que admitiese que todavía había algo entre ellos.

–¿De qué tienes miedo, Rio?

–No tengo miedo de nada. Es solo que no quiero a ningún hombre en mi vida –espetó ella, furiosa.

–A Xena le gustaría que la acompañases a Grecia y la ayudases a recuperarse –le repitió él–. Lo último que necesita ahora es saber que ya no estamos juntos. Deberíamos ayudarla los dos, en Grecia, como pareja.

Rio se sintió furiosa. Había caído en la trampa de Lysandros. Maldito Lysandros. No obstante, sabía que este tenía razón, Xena iba a necesitarla y si eso significaba tener que ir a Grecia y fingir que seguía saliendo con él, tendría que hacerlo. Y no lo haría porque Lysandros se lo hubiese pedido, sino por la amistad que tenía con Xena.

Lysandros tenía que ocuparse de su empresa y, además, solía pasar la mayor parte del tiempo en Atenas, así que seguro que no iba a casa de Xena a buscarla a ella, sobre todo, pudiendo tener a la mujer que quisiera.

–Eso es injusto –se defendió Rio mientras él la miraba a los ojos.

Deseó que no fuese tan guapo. Que no hiciese que se le acelerase el corazón de aquella manera.

–Sabes que haría cualquier cosa por Xena.

Él arqueó las cejas.

–Salvo venir a Grecia a pasar el verano con ella…
por mí.

–Eres muy, muy arrogante –le dijo Rio.

Y él le recordó con su ardiente mirada el momento en el que le había dicho que quería pasar
toda la noche en su compañía.

A Rio se le desbocó el corazón y deseó darse la
media vuelta para ocultar el deseo que seguía sintiendo por él, pero no pudo hacerlo. Por mucho
que lo desease, no podía luchar contra lo que sentía por él.

–En estos momentos lo único que importa es
que Xena se ponga bien y recupere la memoria
–añadió, obligándose a apartar la vista de aquel
guapo hombre griego, diciéndose que no podía
volver a enamorarse de él.

–En cuanto el médico me diga que está lo sufi-
cientemente bien para viajar, nos marcharemos
–comentó Lysandros con su sensual acento.

–¿Y si acepto a ir… solo unos días? –le preguntó ella, dividida entre lo que Xena necesitaba y
el impulso de proteger su corazón.

–Unos días, no, Rio. Todo el verano –le respondió él en tono calmado–. Eso es lo que va a querer,
y a necesitar, Xena.

Lysandros sabía que Rio no podría negarse a
ayudar a su amiga.

–No, no puedo.

–Pero vendrás, ¿verdad, Rio? Porque harías
cualquier cosa por tu amiga.

Rio se dio cuenta de que Lysandros la estaba manipulando y sintió cómo reaccionaba su cuerpo al tenerlo tan cerca. Se preguntó si había hecho lo correcto al terminar su relación con él después de lo ocurrido con Hans y si Lysandros la habría entendido si ella le hubiese contado lo ocurrido.

No podía dejar de hacerse aquellas preguntas, aunque también era consciente de que su relación no había sido nada más que una aventura para él.

—Está bien, iré, pero no porque tú me lo hayas pedido o, más bien, porque me hayas obligado a hacerlo, sino porque quiero estar con Xena.

Y la mirada de Lysandros le hizo darse cuenta de que lo que había temido que ocurriese si volvía a verlo estaba ocurriendo. Seguía sintiéndose atraída por él. Seguía queriendo estar con él, pero las cosas habían cambiado. Él no lo sabía, no podía saberlo.

—¿Y porque todavía tenemos cosas que resolver?

—No tenemos nada que resolver. Ni siquiera es necesario que nos veamos —le contestó ella, cruzándose de brazos para evitar que su cuerpo la traicionase.

—Xena piensa que estamos juntos y no creo que preocuparse por nosotros vaya a ayudarla a recuperarse, Rio. Y sí que vamos a vernos, de eso puedes estar segura.

Capítulo 2

DURANTE dos días, la isla griega en la que Xena tenía su casa fue un remanso de paz tanto para Rio como para Xena, pero Lysandros estaba a punto de llegar de Atenas y Rio estaba empezando a ponerse nerviosa. Además, este se sentiría decepcionado al ver que la memoria de su hermana no había mejorado.

Rio miró a Xena y sintió pena por ella. No se acordaba de nada relacionado con las semanas anteriores al accidente. No recordaba que Ricardo la había rechazado, ni el intento de agresión de Hans a Rio, tampoco se acordaba de que esta había roto con Lysandros, ni del accidente. Xena vivía pensando que nada de aquello había sucedido.

—Es tan frustrante —protestó Xena, mirando a Rio—. ¿Por qué no puedo acordarme de nada?

Rio se sentó a su lado.

—Te acordarás. El médico dijo que solo necesitabas tiempo… y descansar.

—Me acuerdo de que Lysandros va a venir hoy desde Atenas y de que vamos a ir todos a ver a mi madre —comentó Xena en tono alegre.

A Rio tampoco se le había olvidado la llegada del hermano de su amiga, pero los motivos eran muy diferentes.

—Podrías tocar un poco —le sugirió Xena, sacando a Rio de sus pensamientos—. Tal vez eso me haga recordar algo.

Rio miró el piano al que no se había acercado desde que habían llegado.

—Tal vez más tarde —respondió.

—Estoy cansada —añadió Xena, conteniendo un bostezo—. Voy a ir a tumbarme un rato antes de ir a ver a mi madre, para recuperar fuerzas.

Rio vio cómo su amiga se alejaba con tristeza. Deseó poder hacer algo para ayudarla. Echaba de menos a la Xena segura de sí misma y alegre que era en realidad.

Durante los dos últimos días, con Lysandros en Atenas, le había resultado sencillo hacer que su amiga pensase que todavía salía con él, pero cuando este llegase no sería tan sencillo. Ella seguía sintiéndose atraída por Lysandros y seguía soñando con lo que habría podido tener con él.

Suspiró con frustración, se puso en pie y salió a la terraza con vistas al mar. Allí vio cómo se acercaba a la costa una lancha motora. Apartó de su mente todos aquellos pensamientos mientras Lysandros bajaba a tierra firme y el corazón le dio un vuelco al verlo mirar hacia la casa. No estaba segura de poder hacer aquello a pesar de que lo que más deseaba en el mundo era poder volver a los minutos posteriores a aquel recital.

Oyó pasos en el suelo de mármol y se obligó a sonreír.

—Hola, Lysandros —lo saludó con voz firme, negándose a dejar entrever sus nervios.

Pensase lo que pensase Xena de ellos, necesitaba mantener las distancias con él.

—Hola, Rio —respondió él.

Y su voz fría contrastó con el calor de su mirada.

—¿Cómo está Xena? —preguntó, acercándose más, lo que convenció a Rio de que era consciente de que se seguía sintiendo atraída por él.

—Ha ido a tumbarse un rato —le dijo ella, respirando aliviada al verlo alejarse de nuevo.

—¿Todavía no ha recordado nada?

Rio negó con la cabeza.

—Nada.

—¿Nada de nada? —volvió a preguntar Lysandros en tono de desesperación.

Rio se sentía igual.

—He tenido la sensación de que se sentía frustrada cuando he hablado con ella por teléfono —le contó él, acercándose al piano.

—Es que es muy frustrante para ella —le corroboró Rio, observando a Lysandros, que seguía siendo el dueño de su corazón.

Este se giró con el ceño fruncido.

—Es comprensible —dijo, frunciendo el ceño—. Y a mí también me resulta frustrante que eso le preocupe.

—Está siendo una experiencia muy dura para

Xena –le respondió Rio–. Ha perdido parte de sus recuerdos y, tal vez, incluso su carrera. Ni siquiera es capaz de refugiarse en el violín.

–Y me ha dicho que tú tampoco estás tocando a pesar de que dijiste que necesitabas hacerlo todos los días.

Se hizo un silencio entre ambos durante el cual solo se oyó el romper de las olas a lo lejos.

Lysandros la miró y el ambiente se puso tenso. A Rio cada vez le costaba más controlarse ante la atracción que seguía existiendo entre ambos. Y él lo sabía. Era demasiado astuto como para no saberlo.

–Es cierto. Debería tocar todos los días –le contestó ella mientras pensaba en Hans.

Este había asegurado que había sido ella la que lo había provocado y, desde aquel día, Rio se había sentido incapaz de volver a tocar el piano. Desde entonces, el piano le recordaba a un momento demasiado feo a pesar de saber que ella no había hecho nada para provocar aquella situación.

Tampoco estaba preparada para contarle a Lysandros el motivo por el que había terminado con su incipiente relación de manera tan fría. Xena no recordaba cómo la había consolado, cómo había intentado convencerla de que se lo contase a Lysandros, pero en esos momentos Rio pensaba que era mejor que no lo recordase. Ella necesitaba posponer aquella dolorosa conversación lo máximo posible.

–¿Y por qué no tocas, Rio? A Xena le encanta escucharte. Y a mí también.

Lysandros echó a andar hacia ella, pero se detuvo al verla retroceder.

—Yo… —balbució ella, sin saber qué decir.

—Al menos, tú sí que podrías hacerlo, si quisieras…

Ella tomó aire. No entendía por qué Lysandros quería hacer que se sintiera mal.

—No estamos hablando de mí, sino de Xena —espetó, intentando reconducir la conversación.

Él avanzó otro paso hacia ella y Rio pudo oler su aftershave y recordar los últimos besos que se habían dado. Intentó no pensar en todo aquello.

Lysandros había estado dispuesto a ir poco a poco con ella. Al principio Rio había pensado que esto se debía a su amistad con Xena, pero después había empezado a preguntarse si había algo más. La había respetado, había sido paciente y amable con ella. La había tratado como si hubiese sido especial.

—¿Seguro, Rio? —le preguntó él con voz seductora.

—Por supuesto. Estoy aquí por Xena. Esto no tiene nada que ver conmigo, ni con nosotros. Ya no hay nada entre nosotros.

—¿Qué ocurrió después del recital, Rio? ¿Qué es lo que me estás ocultando?

Ella odió cómo le hizo sentirse aquella pregunta, deseó contárselo todo, pero no fue capaz.

—No tengo nada que contarte —le respondió rápidamente, zanjando así la cuestión.

—Vamos a dar un paseo por la playa mientras

Xena descansa –le propuso él, cambiando de tema tan rápidamente que Rio se sintió aturdida.

–Xena y yo vamos a ir a ver a tu madre hoy –le dijo ella–. Tal vez debería despertarla ya.

–Dado que soy yo el que voy a tener que llevaros, estoy seguro de que tenemos tiempo para dar un paseo por la playa antes –insistió él.

–Debería dejarle una nota a Xena, por si se despierta.

Rio empezó a escribir una nota mientras Lysandros la observaba de cerca, de hecho, estaba tan cerca que se puso a temblar y no de miedo, sino de deseo.

–No olvides mencionar que estamos juntos –le sugirió él casi en un susurro.

Ella cerró los ojos un instante, después dejó el bolígrafo y se giró. Lo miró fijamente a los ojos.

Lysandros sabía que Rio le estaba ocultando algo. Se había dado cuenta nada más llegar al hospital, después del accidente. Lo había visto en sus ojos. Había sentido su nerviosismo. Y, dado que la tenía allí, con Xena, estaba decidido a llegar al fondo de lo ocurrido la noche en que le había dado plantón.

El sol estaba empezando a perder fuerza cuando salieron de la casa, atravesaron la terraza y llegaron a la arena. A su lado, Rio se caló el sombrero y él se dijo que tenía que aceptar que quisiera proteger su pálida piel del sol, aunque en realidad sintiese que lo que quería era protegerse de él. Se puso las gafas de sol. Teniendo en cuenta cómo reaccionaba su cuerpo cuando la tenía cerca, cuanto más barreras hubiese entre ambos, mejor. Al menos por el momento.

–¿Qué ocurrió realmente la noche del accidente? –le volvió a preguntar sin más.

–Ya te lo he contado. Un coche se saltó un semáforo en rojo y chocó contra el de Xena –respondió ella en tono defensivo.

–Ya sé cómo fue el accidente en sí –le dijo él con impaciencia.

–Entonces, ¿por qué me lo vuelves a preguntar?

Lysandros sintió que Rio lo miraba, pero mantuvo la vista al frente, sabiendo que, si no la presionaba demasiado, terminaría por hablarle con sinceridad.

–Porque soy el hermano de Xena y quiero saber qué ocurrió antes del accidente.

Ella dejó de andar, se detuvo, obligándolo a hacer lo mismo, pero no lo miró. En su lugar, clavó la vista en el mar.

–No hay nada más que contar.

–¿Estás segura, Rio? –insistió él.

Ella se giró a mirarlo y él deseó que no hubiese llevado gafas de sol para poder ver la expresión de sus ojos color caramelo.

Rio suspiró, tragó saliva. Estaba a punto de contarle la verdad.

–Tal vez seas capaz de manipular a otras personas, pero conmigo no te va a funcionar.

Habló de manera apasionada, intensa, y después se apartó mientras se sujetaba el sombrero para evitar que el viento se lo arrebatase. El vestido de tirantes azul se le pegaba a las largas piernas y Lysandros se sintió bajo una dura prueba de resistencia. No podía permitir que aquella atracción lo distrajera. Todavía no. Lo primero era Xena.

–¿Manipular?

–Sí, intentas controlarlo todo. Y a todo el mundo. Incluso a Xena.

–Me duele que me hagas esa acusación. Lo que hago por Xena lo hago por amor.

–¿Por amor? –inquirió ella, quitándose el sombrero y dejando al descubierto su pelo rubio, que llevaba recogido en una coleta.

El viento le puso varios mechones en la cara y Lysandros tuvo que contenerse para no ayudarla a apartárselos.

No sabía qué le había ocurrido a Rio después del recital, pero estaba seguro de que estaba luchando con todas sus fuerzas contra la atracción que sentía por él. Una atracción que era recíproca.

–No pienso que Lysandros Drakakis, director general de Drakakis Shipping and Luxury Yachts haga nada por amor, la verdad.

Aquello lo enfadó, pero Lysandros se negó a reaccionar mal. Era consciente de su incapacidad para conectar emocionalmente con su hermana y con su madre, con ninguna mujer, pero no iba a permitir que Rio lo enfadase.

–Una cosa es el amor por mi familia y otra, el

amor pasional. Ese tipo de amor se construye sobre la atracción sexual y el deseo.

Rio se ruborizó y apartó la mirada. Él sonrió satisfecho.

—Tal vez para ti.

—Así que te estás reservando para el amor verdadero, ¿no? ¿Es ese el motivo por el que me dejaste tan de repente?

Lysandros todavía se sentía dolido por el rechazo. Rio era la única mujer que había herido su orgullo desde que tenía veinte años.

—Sí, me estoy reservando para el amor verdadero y tú no eres el candidato idóneo, sobre todo, teniendo en cuenta la lista de corazones rotos que llevas a tus espaldas —respondió ella sonriendo—, pero no estoy aquí por nosotros, sino por Xena.

—Entonces, ¿lo que tuvimos te da igual?

Rio se puso seria.

—Mi amistad con Xena está por encima de todo lo demás. Y no quiero que lo que hubo entre nosotros se interponga en ella. Por eso pienso que hablar de lo ocurrido la noche del accidente no tiene sentido ahora. Ella lo ha olvidado todo y es como si se hubiese quedado en un momento feliz de su vida.

—En eso estoy de acuerdo. Por eso pienso que se sentirá mejor si nos ve enamorados.

—¿Enamorados? ¿Tú y yo? —repitió ella con incredulidad—. Eso no es necesario.

Lysandros intentó pensar con rapidez. Su hermana siempre había querido verlo enamorado y se había mostrado encantada con la idea de emparejarlo con Xena. Él nunca había querido comprometerse con Xena, pero no había querido quitarle la ilusión a su hermana entonces ni quería hacerlo en esos momentos.

—Sería lo que Xena siempre ha querido para nosotros y tal vez eso puedo ayudarla a sentirse emocionalmente segura, lo que podría ayudarla a recordar.

Rio tenía el corazón a punto de salírsele del pecho. ¿Cómo iba a fingir que estaba enamorada de Lysandros cuando se le aceleraba el pulso solo con tenerlo cerca?

Suspiró pesadamente e intentó centrarse en Xena y en lo mucho que había sufrido al enterarse de que Ricardo no quería continuar con ella.

—Haría cualquier cosa por ayudar a Xena, pero ¿fingir que somos amantes?

—¿De qué tienes miedo, Rio?

—No tengo miedo de nada —le dijo ella, girándose a mirarlo.

—¿Estás segura? —le preguntó él en tono suave.

Rio pensó que iba a acariciarle el rostro y darle un beso. Y no supo si deseaba que ocurriera o no.

—Me culpas por lo que le ocurrió a Xena, ¿verdad?

—Pienso que eres tú la que se está culpando sola —admitió Lysandros.

Entonces la agarró de los brazos y la sacudió suavemente.

—¿Qué me estás ocultando? —le preguntó.

Rio bajó la vista, pero cuando la volvió a levantar se dio cuenta de lo cerca que lo tenía y sintió pánico.

–No te contaré nada si no me sueltas.

Él la soltó, pero le advirtió con su expresión que no siguiese poniendo a prueba su paciencia.

–Discúlpame –le dijo.

–Está bien –respondió Rio, frotándose los brazos e intentando olvidarse de cómo se sentía cuando él la tocaba y de los motivos por los que había terminado con su relación.

Se preguntó si la comprendería si le contaba lo ocurrido aquella noche.

–Deberíamos volver a casa, a ver si Xena se ha despertado.

Él juró entre dientes en su lengua materna y Rio no supo por qué lo hacía. Le costaba seguir la conversación teniéndolo tan cerca.

–Necesito tu ayuda, Rio. No puedo quedarme de brazos cruzados mientras veo lo frustrada que se siente Xena con la pérdida de memoria.

Su sinceridad la ablandó de repente. Podía tener muchos defectos, pero era evidente que Lysandros se preocupaba por su hermana.

–Te ayudaré. A eso he venido –le dijo, sintiéndose cada vez más débil.

Él se acercó más y tomó su mano, la miró a los ojos.

–Hay algo en lo que Xena tiene razón, ¿no crees?

–¿El qué? –le preguntó ella en un susurro.

–En que nos sentimos atraídos. Y, si aceptamos

esa atracción, podemos convencer a Xena de que lo nuestro es real.

Rio supo que no podía ser tan sencillo. No se trataba solo de animar a Xena después del accidente. Cuando su amiga recuperase la memoria, volvería a sentirse fatal. No solo por lo que le había ocurrido a ella con Ricardo, sino también con su ruptura con Lysandros y el motivo de esta.

—No creo que Xena vaya a creernos —respondió Rio mientras él le acariciaba la mano.

—Fue ella la que quiso unirnos, así que nos creerá porque quiere hacerlo.

—Pero ¿qué pasará cuando recuerde que rompimos?

Lysandros estaba empezando a convencerla, estaba haciendo que pensase que aquello podía funcionar y, sobre todo, estaba haciendo que desease que fuese real.

Él sonrió con seguridad.

—Espero que podamos volver a estar como estábamos la tarde del recital.

—No sé si eso es posible —admitió ella.

—Has dicho que harías cualquier cosa por ayudar a Xena —le recordó él en tono seductor—. Solo tenemos que dejarnos llevar por el deseo, Rio, un deseo al que estábamos a punto de dar rienda suelta entonces.

—Eso se ha terminado —le contestó ella.

—No estoy de acuerdo —la contradijo él, tocando su rostro—. Hay deseo entre nosotros, Rio, y no vas a poder esconderte de él eternamente.

Capítulo 3

LYSANDROS vio cómo el deseo sustituía al pánico en la mirada de Rio. Sintió cómo el sonido de las olas se acallaba y no existía nada ni nadie más que ellos dos.

Rio separó los labios y él solo deseó besarla y olvidarse de todo lo ocurrido en los últimos días. No quería pensar en la amnesia de Xena ni preocuparse por si su hermana no recuperaba la memoria. Quería perderse en la pasión que sabía que llevaba Xena en su interior. Quería desatarla, convencer a Xena de que lo que había entre ambos era demasiado fuerte para ignorarlo.

—No puedo esconderme de algo que no siento –le dijo ella con voz ronca y muy sensual.

Así que todavía no se atrevía a admitirlo. Lysandros deseó besarla y demostrarle que sí sentía deseo por él, pero se contuvo. Rio tenía un cierto aire de fragilidad y había inocencia en su mirada y Lysandros recordó lo que Xena le había aconsejado después de que su amiga rompiese la relación con él, que tenía que darle tiempo y espacio.

El ruido de una ola un poco más fuerte que las anteriores lo sacó de sus pensamientos. Tomó a

Rio, que se había acercado a él para evitar que la ola la mojase, de la mano y le dijo:

—No te creo, Rio.

Ella suspiró y apretó los labios como si supiese las ganas que tenía Lysandros de besarla y le respondió con firmeza:

—Pues es así.

Él la miró a los ojos, convencido de que la atracción estaba allí.

—¿De verdad? —insistió en voz baja y tono suave para no asustarla.

Rio apartó la mano de la suya y retrocedió. Parecía perdida, más vulnerable de lo que la había visto nunca, y Lysandros deseó no haber seguido el consejo de Xena. Tenía que haber exigido que Rio le contase el motivo por el que había terminado con su relación. Porque necesitaba saberlo. Tenía que haberle pedido a su hermana que se lo contase.

Rio hacía que se sintiese inseguro, cosa que no había sentido desde que Kyra lo había traicionado muchos años atrás. No obstante, el efecto que Rio tenía en él era diferente desde el mismo día en que Xena los había presentado. La atracción había sido instantánea, pero la inocencia y fragilidad de Rio habían hecho que quisiese tomarse las cosas con calma. Por primera vez en mucho tiempo había querido que su relación estuviese basada en algo más que el sexo. Y Xena se había dado cuenta enseguida y pronto había empezado a hablarle de tener una relación seria con Rio.

Entonces había cambiado algo. Rio había cambiado y Xena conocía el motivo. Y él tenía que haberle preguntado a su hermana en vez de haberse dejado llevar por su orgullo. En esos momentos no podía hacer nada que disgustase a su hermana y era por ese motivo por el que, junto a Rio, tenía que actuar como si todavía fuesen pareja, al menos, cuando Xena estuviese cerca.

—Sí, es la verdad —repitió ella—. No hay nada entre nosotros, Lysandros. Nunca debió haberlo.

Él frunció el ceño.

—¿Por qué dices eso, Rio?

—Porque somos demasiado diferentes.

El golpe de las olas lo desestabilizó.

—Entonces, ¿por qué pensaba Xena que estábamos hechos el uno para el otro? —le preguntó él, dándose cuenta de lo absurdo de la situación.

Su hermana era la única persona, además de Rio, que podía contarle lo que había ocurrido para que Rio cambiase de opinión, pero Xena no se acordaba de nada. Él tampoco había insistido, por recomendación de los médicos, pero si Xena había bloqueado todas las cosas negativas que habían ocurrido en su vida durante los últimos meses y seguía pensando que Rio y él estaban juntos, era porque fuese lo que fuese lo que había hecho cambiar de opinión a Rio, debía de ser algo malo.

Rio sonrió. Era una sonrisa triste.

—Xena vive en un mundo de fantasías en el que existe el amor verdadero y los finales felices, ya lo sabes.

Era cierto, así que Lysandros asintió y sonrió para intentar animar el ambiente.

–Sí, es verdad. Y está empeñada en que lo nuestro puede funcionar.

–Pero hay que tener en cuenta que no se acuerda de que ya no estamos juntos –comentó Rio–. Y a pesar de que comprendo que necesita tiempo, me gustaría poder contárselo.

–Yo pienso que deberíamos esperar.

Lysandros no iba a permitir que Rio se alejase de él tan fácilmente. La miró, bajó la vista a sus labios y volvió a desear besarla. Tal vez lo mejor sería volver a la casa, con Xena, antes de que perdiese el control y lo hiciese.

–Aquí estáis.

La voz de Xena interrumpió el momento de tensión y Rio se alegró más que nunca de la presencia de su amiga.

–Tenía que haber imaginado que querríais pasar algún rato a solas.

Rio sonrió, pero no fue una sonrisa de felicidad. Además de que su amiga pensaba que seguía saliendo con Lysandros, este todavía quería saber por qué había roto con él. Respiró hondo para tranquilizarse y se dirigió hacia su amiga, aliviada al poder separarse de Lysandros.

–Queríamos dejarte descansar.

–Y también queríamos estar solos –añadió

Lysandros, acercándose también a Xena y poniendo un brazo alrededor de los hombros de Rio.

—¿Qué es eso que piensas que deberíais esperar a contarme? —le preguntó su hermana, frunciendo el ceño.

Rio contuvo la respiración, sin saber si Lysandros iba a contárselo todo.

—¿Eso he dicho? —preguntó este riendo.

—Sí, Lysandros, te he oído perfectamente. ¿De qué estabais hablando?

—¿No es hora de ir a ver a vuestra madre? —intervino Rio, intentando distraer la atención de Xena.

Su amiga la miró con desconfianza.

—Vosotros dos estáis tramando algo —comentó, mirando de nuevo a su hermano—. Me pregunto qué será.

—Rio tiene razón, tenemos que ir a ver a mamá —le respondió Lysandros.

Rio echó a andar hacia la casa mientras Xena seguía insistiendo con su hermano y bromeando en griego, idioma que ella no entendía.

—Mamá está deseando verte, y se alegrará de que estés tan animada —comentó Lysandros mientras entraban un momento en casa, antes de volver a cerrar la puerta y dirigirse a la lancha motora que los estaba esperando.

—También se alegrará de veros a vosotros tan enamorados —bromeó su hermana de nuevo.

—No estamos tan enamorados —replicó Rio enseguida, demasiado deprisa, y Lysandros le advirtió con la mirada que no siguiese por ahí.

Xena se echó a reír y volvió a bromear con Lysandros en griego. Fuese lo que fuese lo que le estaba diciendo, era evidente que él se sentía incómodo.

–Deja de tomarme el pelo –le pidió a su amiga, y Rio se alegró de poder entenderlos de nuevo–. Mamá nos está esperando.

Después de un breve trayecto por mar, llegaron a casa de su madre. Esta salió nada más verlos y Rio se mantuvo en segundo plano mientras Xena la abrazaba y ambas mujeres entraban en la casa.

–Xena parece muy contenta –comentó Rio mientras Lysandros terminaba de amarrar la lancha.

–Demasiado –respondió él, despeinado por el viento, con expresión seria y pensativa.

A ella le dio un vuelco el corazón y se preguntó cómo era posible que siguiese sintiendo algo por él.

No pudo apartar los ojos de los de él y notó cómo su cuerpo se acercaba al suyo. Deseaba besarlo, deseaba volver al momento que habían compartido justo después del recital, pero no podía hacerlo. No estaba preparada todavía.

–Deberíamos entrar en casa –dijo él con voz profunda y firme.

Estaba enfadado. Rio podía sentirlo y se sintió culpable. Se dijo que le debía una explicación, pero no sabía cómo empezar.

Recordó de repente lo ocurrido con Hans, incidente que había estropeado todo lo que habría po-

44

dido tener con Lysandros. Salvo que encontrase las fuerzas para contarle todo lo ocurrido aquella noche.

–Sí, vamos –le respondió.

Al menos con Xena y su madre cerca estaría a salvo. A salvo de Lysandros y de ella misma.

Al entrar en la casa, Lysandros observó cómo su madre abrazaba a Rio. Se preguntó si esta también pensaba que estaban juntos. O, todavía peor, si albergaba las mismas esperanzas que su hermana, de que Rio fuese la mujer con la que, por fin, iba a sentar la cabeza.

Las bromas de Xena, que, por suerte, había hecho en griego, le dejaban claro cómo veía Xena su relación con Rio. Y eso lo preocupaba todavía más que su pérdida de memoria. Para Xena, si Rio estaba en Grecia no era sencillamente para hacerle compañía a ella, sino porque tenía futuro con él.

Xena estaba convencida de que iba a pedirle a Rio que se casase con él y eso la hacía inmensamente feliz. La idea era descabellada, por supuesto, pero Lysandros también era consciente de que, si lo hacía, su hermana se sentiría feliz y segura, y tal vez así recuperaría la memora.

–Es preciosa –comentó su madre en griego, acercándose a él.

Lysandros salió de sus pensamientos y volvió al presente, negándose a aceptar que la idea de su hermana estaba empezando a tomar forma en su cabeza.

Miró a Xena y a Rio, que reían y charlaban juntas. Rio era preciosa y él seguía deseándola.

–Lo es –le respondió a su madre.

–No la pierdas, Lysandros –le pidió su madre. Su mirada era de esperanza.

–¿Perder a Rio? –preguntó él en griego, consciente de que esta se había dado cuenta de que decían su nombre.

Pero, Xena, que estaba entendiendo la conversación, acudió al rescate y agarró a su amiga del brazo para enseñarle la casa.

–Hacéis una pareja perfecta –continuó su madre al verlas salir de la habitación–. Ya es hora de que dejes atrás el pasado y te centres. Xena y yo estamos de acuerdo en eso. Y Rio es la persona perfecta para ti.

Lysandros debió sentirse enfadado al oír aquello, pero lo cierto era que no conseguía sacarse a Rio de la cabeza.

–¿Has estado hablando de nosotros con Xena? –le preguntó a su madre, todavía en griego, consciente de que Xena y Rio podían volver en cualquier momento.

–Sí –admitió su madre–. Y si lo vuestro va en serio, tal vez este sería un buen momento para que le pidieras que se casase contigo, por el bien de tu hermana.

Él sacudió la cabeza. No podía hacerlo, ni siquiera estaban saliendo juntos.

–No tengo anillo –respondió.

–Está el de la abuela –dijo Xena a sus espaldas–. Rio vendrá en un momento. Estoy deseando que se lo pidas.

Lysandros se preguntó cómo iba a salir de aquella situación, pero vio a Xena tan feliz que no fue capaz de decirle que no tenía la intención de hacerlo, que estaba equivocada. Recordó las palabras del médico.

–La memoria de tu hermana volverá si está feliz y relajada, lo que no necesita son disgustos.

–Voy a ir a buscarlo –añadió su madre.

Y Lysandros deseó gritarle que no lo hiciera, que no iba a pedirle a Rio que se casase con él. No quería volver a prometerse, mucho menos, casarse. Se sintió aturdido. Tal vez si se comprometían de manera temporal… para ayudar a Xena a recuperarse, no tenían por qué casarse…

Así Xena tendría algo positivo en lo que centrarse y tal vez Rio encontrase la manera de contarle el motivo por el que había roto con él.

–Lo he tenido guardado a pesar de saber que, después de Kyra, no querrías volver a ofrecérselo a ninguna otra mujer –admitió su madre con los ojos llenos de lágrimas–, pero Rio es la chica perfecta para dárselo.

Su madre fue por el anillo y él se acercó a Xena y Rio, que charlaban animadamente, como si no hubiese ocurrido nada. Su hermana lo miró con complicidad y él supo que, si no le daba a Rio el anillo, Xena se disgustaría.

Pero ¿y Rio? ¿Estaría esta dispuesta a fingir también para ayudar a su hermana?

Estaba haciéndose aquellas preguntas cuando volvió su madre y le dio una pequeña caja. Rio lo miró con aprensión, como si supiese que estaba ocurriendo algo.

Él sujetó la caja con fuerza, sabiendo que aquel era un momento crucial en su vida. Estaba a punto de hacer lo que había jurado que no volvería a hacer jamás: pedirle a una mujer que se casase con él. Apartó aquello y los recuerdos del pasado de su mente. Solo tenía que pensar que en aquella ocasión no era real.

—Tengo que preguntarte algo, Rio —dijo, sintiéndose más nervioso que en toda su vida.

Xena lo miró con nerviosismo.

—Hazlo, Lysandros.

Rio lo miró fijamente.

—Rio... —empezó él, girándose hacia ella y abriendo la mano para enseñarle la caja que su madre acababa de darle—. ¿Me harías el honor de convertirte en mi prometida?

La pregunta le salió con más facilidad de lo que había esperado. Abrió la caja y vio el gesto de sorpresa de Rio.

—Pero... —balbució esta.

Él tomó su mano izquierda muy despacio y le puso el anillo en le dedo. Le quedaba perfecto.

Rio lo miró de nuevo a los ojos, estaba tan estupefacta como él mismo.

—Quiero que nos prometamos.

Capítulo 4

Y O… –EMPEZÓ a balbucir Rio.

Lysandros le apretó la mano y su expresión de ternura y cariño, por la que Rio no iba a dejarse engañar, aumentó. Ella se obligó a hablar a pesar de que tenía el corazón a punto de salírsele del pecho.

–Es un anillo de compromiso.

–Y quiero que lo lleves –añadió Lysandros en tono encantador.

Si estaba intentando engatusarla, lo estaba consiguiendo. De hecho, Rio había soñado con aquello antes de…

Xena volvió a dar un grito de emoción y Rio miró a su amiga, que estaba exultante.

–Es prefecto –dijo Xena, aplaudiendo a pesar de que llevaba la muñeca escayolada–. Es lo que siempre había querido.

Rio se sintió atrapada. No solo por la mirada de Lysandros, sino por la emoción de Xena y de su madre. Si rechazaba a Lysandros y le decía que no, disgustaría a su amiga. Y el médico les había advertido que debían evitar cualquier tipo de estrés.

Pero, ¿y si le decía que sí? Estaría comprometida con Lysandros. Se preguntó si podía hacerlo por Xena. ¿Podía comprometerse con el hombre al que había querido tener en el pasado, al que todavía deseaba, y no traicionarse a sí misma?

Miró a Lysandros de nuevo. Se preguntó si lo hacía porque quería hacerlo o por su hermana. Sintió que se le hacía un nudo en la garganta, no podía hablar, era plenamente consciente de que Lysandros solo hacía aquello por el bien de Xena.

—¿Rio? —le preguntó este en voz baja—. Di algo.

Se acercó más a ella, sin soltarle la mano. Y su cercanía hizo que a Rio le costase todavía más esfuerzo razonar.

—No sé qué decir.

—Por supuesto que lo sabes —intervino Xena—. Dile que sí.

—Sí, esa sería la mejor opción —añadió Lysandros.

—No sé —dijo Rio.

—Rio, tienes que decir que sí —insistió su amiga—. Lysandros y tú estáis hechos el uno para el otro y, además, planear la fiesta de compromiso y después la boda va a ser muy divertido. Tal vez incluso me ayude a recordar.

Rio miró de nuevo a Lysandros, hecha un mar de nervios. Él sonrió. Ella lo maldijo en silencio. Sabía que no sería capaz de negarle aquello a Xena, sabía que había ganado, que había conseguido lo que quería.

—¿Qué te parece, Rio? —le dijo él, apartándole un mechón de pelo de la cara—. ¿Nos comprometemos? ¿Intentamos ayudar a Xena a recordar?

–¿Cómo voy a decirte que no? –respondió ella por fin, obligándose a sonreír.

–Eso es lo que tenía la esperanza que dijeras.

Rio tomó aire y lo miró a los ojos. Casi tuvo la sensación de que aquello era real, de que Lysandros la amaba y la quería en su vida. Xena saltó de la alegría, abrazó a su madre. Y Rio pensó que el momento era real, que acababa de acceder a comprometerse con el hombre al que había amado, pero que, en realidad, Lysandros no quería comprometerse. Para él no era real. Así que ella tendría que proteger su corazón si no quería que se lo rompiese.

–Necesitamos champán –dijo Xena, acercándose a abrazar a Rio–. Vamos a buscar champán, mamá, y dejémoslos solos un momento.

–No puedo creer que hayas hecho eso –le dijo Rio a Lysandros en voz baja cuando se hubieron quedado a solas.

–Ya has oído a Xena, así tendrá algo en lo que pensar y tal vez hasta consiga recordar –le respondió él en voz baja.

Rio seguía con el corazón acelerado. Tener a Lysandros tan cerca la excitaba y la aterraba al mismo tiempo. Él había decidido que tenían que fingir que estaban prometidos y tenían que hacerlo, y ella no tenía elección, tenía que seguirle el juego para no poner en peligro la recuperación de Xena.

Clavó la vista en sus ojos, que la miraban con pasión, y sintió que se le encogía el estómago. Se preguntó si Lysandros estaba haciendo que se sintiese así a propósito y se dijo que no iba a enamorarse de él. Solo tenía que hacer un papel y no olvidar que lo hacía por Xena.

—Champán —dijo esta, volviendo con una botella en la mano, seguida por su madre, que llevaba una bandeja con copas.

—Perfecto —comentó Rio, intentando parecer entusiasmada.

—Ahora sí que tenemos algo que celebrar. Voy a estar muy ocupada organizando la fiesta de compromiso —añadió su amiga, que sí que estaba entusiasmada de verdad.

Lysandros le soltó la mano, puso un brazo alrededor de sus hombros y la acercó todavía más a él.

—No te precipites —le pidió a su hermana—. A Rio y a mí nos gustaría celebrarlo solo con las personas más cercanas.

—No queremos nada grande —añadió Rio, que estaba empezando a darse cuenta de lo que significaba todo aquello.

—Solo una pequeña reunión familiar —añadió la madre de Lysandros y Xena sonriendo de oreja a oreja—. Aquí, en la isla.

Rio se sintió fatal por estar mintiendo también a la madre de su amiga.

—Mi madre se asegurará de que Xena no se pase mientras nosotros estamos fuera —le dijo Lysandros, levantándole la barbilla en un gesto cariñoso que la puso todavía más nerviosa.

—¿Fuera? —repitió ella, asustada.

–Ahora que te he pedido que nos comprometamos, ya podemos pasar algo más de tiempo juntos y compensar así las semanas que hemos estado separados.

A Rio le ardieron las mejillas. ¿No le daba vergüenza a Lysandros decir aquello delante de su madre y de su hermana? Asintió, incapaz de romper el contacto visual con él, como si estuvieran completamente solos.

–Eso sería perfecto –respondió en voz baja.

–Tengo el yate preparado para salir inmediatamente. Pasaremos el fin de semana juntos –le informó él sonriendo y acariciándole suavemente la barbilla con el dedo pulgar.

–Qué romántico –comentó Xena suspirando, recordándoles que no estaban solos–. Siempre he sabido que estabais hechos el uno para el otro.

Lysandros se echó a reír.

–En ese caso, no te importará que me lleve a mi prometida ahora mismo.

–Marchaos –le respondió Xena riendo.

Rio pensó que era la misma risa que había tenido antes del accidente y eso intensificó su culpabilidad.

Lysandros tomó la mano de Rio una vez más y la llevó en dirección al mar, lejos de las miradas de su madre y de su hermana. Entonces suspiró pesadamente, como si acabase de quitarse una losa de los hombros. Todavía no podía creer que hubiese hecho aquello.

Xena parecía encantada —comentó Rio en tono acusador.

Él le soltó la mano porque la deseaba tanto que no soportaba seguir sintiendo el calor de su piel.

—Me dijiste que estabas dispuesta a hacer cualquier cosa para ayudarla —respondió en tono molesto.

Porque así era como se sentía, molesto. Acorralado entre la mirada esperanzada de su madre y la alegría de su hermana. Como un animal enjaulado, incapaz de mostrar ante ellas su debilidad o sus dudas. Había tenido que parecer fuerte y en control.

Todavía podía ver la sonrisa de Xena, la mirada brillante de su madre. Y la silenciosa atracción que Rio sentía por él. Tenía que recordar el motivo por el que hacía aquello y que era lo correcto.

—Te has pasado —lo acusó ella—. Se te ocurrió que fingiésemos estar juntos y, después, por si eso no era suficiente, me pides que nos comprometamos. ¿Por qué lo has hecho?

Rio parecía enfadada y asustada y él deseó abrazarla y besarla hasta conseguir que se le pasase el enfado y se dejase llevar por la pasión.

—¿Por qué lo he hecho? —repitió él—. Para que nuestra relación fuese más convincente.

—¿Convincente? —inquirió ella furiosa y confundida.

Estaba empezando a ceder. Lysandros sabía que iba a conseguir lo que quería. Porque, además de complacer a su hermana, quería terminar lo que había dejado a medias con Rio cuando esta había terminado con su relación.

—¿Y qué pasará cuando rompamos? Porque no vamos a estar comprometidos para siempre. ¿Qué va a hacer Xena entonces? —le preguntó Rio—. O, lo que es peor, ¿qué va a pasar cuando recupere la memoria?

Él volvió a recordar la mirada de emoción de su madre, recordó que era su único hijo y que hasta entonces la había defraudado al no casarse y formar una familia.

—¿Supongo que tienes planeado que nuestro compromiso se rompa en cuanto Xena recupere la memoria?

—Lo haremos cuando llegue el momento oportuno.

Hasta entonces, disfrutaría de la compañía de Rio.

—No puedo creer que hayas hecho eso —insistió Rio—, y sin advertirme antes de lo que tenías planeado.

—Era la única manera de convencer a Xena de que esto es real.

—¿De verdad era necesario? —espetó ella—. Me parece una exageración. Es demasiado definitivo.

—No tanto como el matrimonio —le dijo Lysandros, mirándola a los ojos—. Piensa en este compromiso como en un acuerdo.

—¿Un acuerdo? —repitió ella con sorpresa—. ¿Qué clase de acuerdo?

—Un acuerdo que va a permitir que Xena orga-

nice una fiesta de compromiso y que concluirá
cuando ella recupere la memoria. Salvo que prefieras contarle la verdad… y contármela también a
mí.

Ella dio un grito ahogado y apretó los labios,
enfadada.

–¿Cómo puedes ser tan cruel?

–Lo soy, Rio, y siempre consigo lo que quiero.
Y en esos momentos la quería a ella.

Rio se giró hacia él.

–¿De verdad piensas que es la manera de ayudar a Xena?

–Pienso que es la única forma de ayudarla, sí. Y
vamos a estar comprometidos hasta que mi hermana se ponga bien.

–¿Y después? –le preguntó ella.

–Después podrás volver a Inglaterra.

–Eres de lo que no hay, Lysandros Drakakis
–comentó Rio con incredulidad.

–Me lo tomaré como un cumplido –bromeó él,
diciéndole que le gustaba ver sus mejillas encendi-
das por la ira.

–¿Y cuando Xena piense que nos vamos a ca-
sar? ¿Qué vamos a hacer entonces?

–Ya te he dicho que todo esto es para ayudarla.
En cuanto Xena recupere la memoria no tendremos que hacer nada más.

Ella tomó aire, como intentando calmarse, y él
sonrió divertido.

–¿Y qué haremos mientras estemos prometidos
para que nuestra relación sea más convincente?

—Nos comportaremos como una pareja enamorada, locamente enamorada.

El sonido de las olas del mar chocando contra la lancha mientras estaban en el embarcadero le hizo mirar en dirección a la casa de su madre, donde vio a esta con Xena en la terraza. Volvió a mirar a Rio.

—Xena y mi madre nos están observando en estos momentos, así que, si de verdad piensas lo que me dijiste en el hospital, que harías cualquier cosa para ayudar a Xena, incluso fingir que nuestro compromiso es real, deberías abrazarme por el cuello y darme un beso.

—No pienso hacerlo.

—¿Significa eso que me has mentido, Rio? —la retó él, acercándose más para que Xena y su madre pensasen que estaban teniendo un momento de intimidad.

La fuerza del deseo lo sorprendió. Tener tan cerca a Rio era toda una tentación.

—No me gustan las mentiras —añadió.

Tuvo la sensación de que ella tragaba saliva y se preguntó si realmente le habría mentido.

—No hace falta que vayamos tan lejos —respondió ella—. No es necesario que nos besemos.

—Hemos hecho un trato, Rio. Hemos hecho un trato para ayudar a Xena a superar las secuelas del accidente. Solo tienes que fingir que estamos realmente prometidos, solo tienes que fingir que estás enamorada de mí y besarme.

Ella negó suavemente con la cabeza, pero no dejó de mirarlo a los ojos. Separó los labios ligeramente y él sintió que la deseaba todavía más.

–¿De verdad esperas que te bese? ¿Ahora? ¿Aquí?

–No hay otra manera de convencer a mi madre y a Xena de nuestro compromiso.

Rio palideció tan rápidamente que Lysandros pensó que iba a desmayarse.

–No puedo creer que haya accedido a hacer esto.

–Considéralo una manera de sellar nuestro pacto –le dijo él en voz baja y amable–, recuerda lo feliz que estaba Xena hace un momento. Solo tenemos que fingir estar enamorados… un par de semanas al menos.

–No puedo besarte –le dijo ella en un susurro.

–Ya lo has hecho antes –le recordó él–. ¿Tanto te repugno ahora?

–No.

Rio bajó la mirada y él deseó levantarle la barbilla y que volviese a clavarla en sus ojos.

–Bésame, Rio –le pidió en un ronco susurro–. Todavía me deseas, ¿verdad?

–Sí, pero las cosas han cambiado –le dijo ella, mirándolo de nuevo–. Yo he cambiado.

–Entonces, tal vez deberías contarme el motivo –le dijo él, acariciándole suavemente la mejilla.

Necesitaba entenderla, necesitaba más información.

Ella negó rápidamente con la cabeza.

—No puedo. Todavía, no.

—¿Pero me lo contarás? —susurró él, intentando que no se le notase lo mucho que le molestaba aquello.

Se dijo que lo que necesitaba era tener paciencia y seducirla poco a poco, de manera sutil.

Rio asintió.

—Lo haré, Lysandros, te lo prometo.

—Entonces, por ahora puedo esperar. Pasar tiempo a solas nos ayudará. Nos va a venir muy bien pasar el fin de semana juntos en mi yate. Además, es exactamente lo que Xena esperaría que yo hiciera.

—No estoy segura —admitió Rio.

—Yo, sí —insistió él.

—¿Qué pasará después? ¿Cuando volvamos?

—¿Quieres pasar más tiempo conmigo, *agape mou*?

Rio lo miró con sorpresa al darse cuenta del sentido que había tomado la conversación.

—No quería decir eso —protestó.

—Yo me pasaré casi todo el tiempo trabajando en Atenas y tú estarás aquí con Xena —respondió Lysandros, intentando tranquilizarla.

Además de tener que trabajar, iba a necesitar tener lejos aquella tentación. Al mismo tiempo, le daría a Rio el espacio que Xena le había dicho que necesitaba.

—¿Ya está? ¿Nada más?

Él sonrió.

–Xena y mi madre todavía nos están mirando.

Rio frunció el ceño.

–Acércate a mí, Rio, y bésame.

Ella se quedó inmóvil, mirándolo con sorpresa. No quería fingir que estaba enamorada de él ni besarlo.

–Bésame, Rio.

Ella dudó, pero terminó acercándose más a él, que la abrazó suavemente.

Lysandros volvió a sentir deseo. Vio a Rio respirar profundamente mientras sus cuerpos se pegaban.

Unos segundos más tarde sus labios rozaron los de ella y la dulzura de su boca estuvo a punto de cortarle la respiración. La abrazó con más fuerza contra su cuerpo y se perdió en la intensidad del beso. Rio murmuró de placer y él profundizó el beso, metiéndole la lengua en la boca, pidiéndole mucho más. La pasión explotó y Lysandros se olvidó de que estaban fingiendo.

Sin pensar en nada más, bajó las manos a la curva de su trasero. Ella lo abrazó con fuerza por el cuello y él la apretó contra su erección. Rio gimió de placer, lo que lo excitó todavía más.

Estar temporalmente comprometido con aquella mujer no le iba a resultar nada difícil.

Rio casi no podía respirar, mucho menos pensar mientras el beso de Lysandros iba despertando a la mujer que había en ella. El miedo a que un hombre la besase, a estar cerca de su cuerpo después de lo que Hans le había intentado hacer, se vio barrido por el deseo.

Se preguntó si aquello no sería peligroso.

Se dijo que no debía disfrutar del beso de Lysandros ni de la sensación que le provocaba este. Se dijo que no debía desear más que aquel beso, pero no se pudo resistir.

Él se apartó y susurró contra sus labios, aturdiéndola todavía más.

—Un beso así me convencería incluso a mí de que todavía me deseas.

—Lo he hecho por Xena —le dijo ella, apartándose para no sentir la tentación de volver a besarlo o tocarlo de nuevo.

Lysandros se echó a reír y su sensual risa hizo que Rio se estremeciese.

—En ese caso, te creo. Veo que harías cualquier cosa por mi hermana.

—Así es —insistió ella, retrocediendo todavía más, consciente del peligro que representaba tenerlo cerco.

Debía tener más cuidado. Tenía que resistirse a los encantos de Lysandros, a sus seductoras caricias y a sus apasionados besos.

—En ese caso, vamos a casa de Xena para que puedas preparar todo lo necesario para nuestro fin de semana romántico en el yate.

—¿Vamos a marcharnos inmediatamente? ¿Y Xena?

—Xena estará con mi madre, haciendo planes,

mientras nosotros pasamos tiempo a solas, fingiendo estar enamorados.

La autoridad y la determinación habían vuelto a su voz y Rio se dijo que al menos era más sencillo lidiar con él así.

Capítulo 5

EL SUAVE vaivén del yate había despertado a Rio, a la que le había costado mucho conciliar el sueño la noche anterior, con su cuerpo todavía temblando del deseo después del beso que había compartido con Lysandros. Un deseo que no había hecho más que aumentar durante la velada que había compartido con este a bordo del yate. Cada vez que sus miradas se habían cruzado la tensión había aumentado un poco más.

Rio había sentido ganas de que Lysandros volviese a besarla y eso la había asustado. La había asustado porque había querido dejarse llevar, como le había ocurrido después del recital, la noche en la que le había pedido a Lysandros que la llevase a cenar y pasase toda la noche con ella.

La noche anterior había querido lo mismo. Lo había deseado tanto que en esos momentos daba gracias de que, a pesar de su mirada de deseo, Lysandros no hubiese intentado nada, ni siquiera tocarla. Y cuando este había insistido en que ocupase el camarote más grande ella sola, se había sentido agradecida. La había salvado de ella misma y, nada más entrar en el camarote, Rio había cerrado la puerta con cerrojo para no ceder a la tentación.

Lysandros era un hombre fuerte, dominante, y ella no estaba preparada para olvidarse de sus miedos e intimar con él, por mucho que lo desease. Había tardado semanas en tomar la decisión de pasar la noche con él después del recital y el incidente con Hans la había hecho retroceder tanto que necesitaba empezar de cero. No podía dejarse llevar por un apasionado beso. Necesitaba volver a encontrar a la mujer que había besado a Lysandros aquella tarde.

Eso le llevaría tiempo y, por muy encantador que fuese Lysandros, no podría hacer nada hasta que no se sintiese preparada.

–¿Rio?

Oyó la voz de Lysandros al otro lado de la puerta y se le aceleró el corazón.

Abrió y se le cortó la respiración al verlo tan guapo. Iba vestido de manera informal, pero estaba tan impresionante como vestido de traje.

–He pedido que nos preparen un desayuno especial para celebrar que acabamos de comprometernos.

La miró con malicia, sonriendo. Ese era el motivo por el que estaba más guapo de lo normal, porque estaba sonriendo en vez de comportarse como el duro hombre de negocios que era. Rio se preguntó si estaría actuando. Por supuesto. No podía ser de otra manera.

–Has pensado en todo –le respondió ella, encontrando por fin la voz y decidiendo jugar al mismo juego que él–, pero ¿no habremos puesto tu plan en peligro pasando la noche en camarotes distintos?

–¿Me estás diciendo que preferirías compartir cama conmigo? –le preguntó él sonriendo todavía más.

–No –respondió ella enseguida.

Demasiado pronto, a juzgar por el gesto de Lysandros. Rio se ruborizó al recordar cómo la había hecho sentirse la noche anterior y que, efectivamente, había deseado pasar la noche con él.

–Pero supongo que es lo que ocurre cuando te traes al yate a alguna amiga.

–Cierto.

Lysandros se acercó más, mirándola con deseo.

–Eres mi prometida así que es normal que estemos esperando a estar casados para compartir dormitorio, ¿no?

–Nadie va a creerse eso –balbució, imaginándose en la cama con él y apartando inmediatamente la imagen de su cabeza–. Sobre todo, con la fama que tú tienes de…

–¿Playboy? –sugirió él, divertido con la conversación–. Tú, *agape mou*, me has robado el corazón y has hecho que cambie. ¿Tan increíble te parece?

–Dudo que nadie crea que yo te haya hecho cambiar.

Rio pensó que tenía que mantener las distancias con él, que tenía que terminar con aquel coqueteo. No era la misma mujer que había estado dispuesta a entregarle su virginidad, su amor.

–Lo importante es que Xena lo crea. Me da igual lo que piensen los demás.

Lysandros tuvo la osadía de echarse a reír y aquella risa tan sexy estuvo a punto de desatar el deseo que Rio tenía tan bien controlado. Como si lo hubiese sentido, Lysandros sonrió.

–¿Desayunamos, *agape mou*? ¿Compartimos un romántico desayuno como dos amantes?

Ella se preguntó si de verdad podría fingir que eran amantes, una pareja recién comprometida. En realidad, eso era algo que había deseado en el pasado. No estaba segura de poder evitar que le rompiesen el corazón, pero tenía que hacerlo por Xena. Si esta no hubiese perdido la memoria en aquel accidente, ella no estaría en Grecia, mucho menos en aquel yate con Lysandros. Y, ocurriese lo que ocurriese, tenía que recordar aquello.

–De acuerdo. Estaré lista en cinco minutos.

Aprovechó aquellos cinco minutos para tranquilizarse. Necesitaba mantener las distancias con él, pero la atracción era cada vez más fuerte. Lysandros tenía que pensar que no podía haber nada entre ambos. Era la única manera que Rio tenía de proteger su corazón al tiempo que hacía el papel de enamorada.

Tomó sus gafas de sol y el sombrero y salió del camarote con la determinación de mantenerse firme. Volvió a sorprenderse de los lujos del yate mientras subía a la cubierta. Recordó lo orgullosa que se había sentido Xena de su hermano cuando este había convertido una compañía naviera normal en una empresa que proporcionaba yates a las personas más ricas y famosas del mundo.

—Estás muy guapa —le dijo Lysandros en tono seductor, tomando su mano y guiándola hasta la popa.

Ella sintió un cosquilleo en el estómago al verlo comportarse como un hombre enamorado de su prometida. Deseó que pudiese ser real, poder dar marcha atrás, a la tarde del recital, y no haberse separado de él para que su encuentro con Hans no hubiese ocurrido.

—¿Has dicho que íbamos a desayunar? —le preguntó ella en tono coqueto y se avergonzó inmediatamente de su actitud.

Se recordó que aquello no era real, que era solo un acuerdo temporal para ayudar a Xena a recuperar la memoria.

No obstante, cada día se sentía más atraída por él y corría el peligro de perder el corazón. Se dijo que no podía enamorarse. No sabía cómo reaccionaría Lysandros si le contaba el motivo por el que lo había dejado. Era un hombre que evitaba comprometerse emocionalmente y ella tenía la sensación de que no querría escuchar su historia.

No era capaz de mirarlo, pero la suavidad de su voz la tranquilizó.

—Sí, ven por aquí.

La guio escaleras arriba hasta la plataforma que había al final del barco y se subió en la pequeña barca que había allí.

—¿Adónde vamos? —le preguntó Rio confundida.

Él arqueó una ceja y volvió a sonreír.

–Nos está esperando el desayuno.

Con su ayuda, Rio subió también a la barca, que se tambaleó con su peso, desequilibrándola, momento que aprovechó Lysandros para agarrarla y acercarla a su cuerpo.

–No me lo esperaba –dijo con voz demasiado ronca, mirándolo a los ojos.

–Yo tampoco –le respondió él, mirándola con el mismo deseo que el día anterior.

–Me refería al movimiento del barco –argumentó Rio rápidamente, pero a juzgar por la sonrisa de Lysandros, era tan consciente como ella del deseo y de cómo había hecho que se sintiera.

La tentación de enterrar los dedos en el pelo de Rio, de rozar con ellos su suave mejilla y probar sus dulces labios, como había hecho el día anterior, le resultó casi imposible de resistir. El recuerdo de aquel beso todavía ardía en su boca y el deseo era todavía mayor.

–Será mejor que vayamos a la orilla –comentó, intentando apartar todo aquello de su mente.

–Sí. Buena idea –respondió ella, todavía con voz ronca, apartándose de él y sentándose en la barca.

Lysandros puso el motor en marcha y dirigió la embarcación a la playa.

Mientras se movían velozmente por el agua, Lysandros se fijó en Rio, en sus piernas largas, esbeltas y bronceadas, en la ropa que había elegido: unos pantalones blancos cortos y una camisa de rayas rojas y blancas. Cualquier otra mujer se hubiese limitado a ponerse un minúsculo bikini desde primera hora del día. Al parecer, Rio quería esconder su cuerpo, pero eso no impidió que él se la imaginase en bikini.

—Ya estamos —anunció, acercando la barca a un embarcadero que había al final de una playa.

—Parece un lugar muy solitario —comentó ella, subiendo al embarcadero y mirando a su alrededor—. Y muy bonito.

—Es la playa perfecta para desayunar —le respondió él.

También era una playa a la que no había llevado a ninguna otra mujer, pero a la que, sin saber por qué, había querido llevarla a ella. Con Rio tenía la sensación de que todo era nuevo y quería que aquel fin de semana también fuese así.

Por un momento, ella lo miró a los ojos, confundida. Y él se preguntó si la idea de estar a solas con él la ponía nerviosa.

Sintió que debía ser prudente. Si quería averiguar el motivo por el que Rio lo había dejado tan de repente, debía tener más paciencia y cuidado que nunca.

Seguía sin entender qué había podido ocurrir para estar coqueteando con él después del recital, incluso decirle que quería pasar la noche con él, y dejarlo plantado de repente.

¿Qué había ocurrido cuando se habían separado

y ella había ido a reunirse con el director de orquesta? Rio ni siquiera le había enviado un mensaje. Nada. Aquella había sido la primera vez que a Lysandros le habían dado plantón y él había llamado a su hermana para preguntarle qué podía hacer, pero Xena tampoco había podido darle una respuesta, al menos, aquella noche.

Necesitaba saber qué había pasado y qué era lo que Rio sentía por él. Por algún motivo que todavía desconocía, le importaba lo que Rio pensase de él.

—Dios mío —exclamó esta al ver el picnic que había en la arena—. ¿Cuándo has hecho todo esto?

—Uno de mis empleados ha venido hace un rato a organizarlo todo.

Ella miró a su alrededor, como si estuviese buscando con la vista al responsable de aquello. Era evidente que le daba miedo estar a solas con él. ¿Sería porque no confiaba en él o porque no confiaba en ella misma? ¿Era la atracción que evidentemente sentía por él tan fuerte como la que él sentía por ella?

—¿Y es una playa privada? —le preguntó Rio con voz temblorosa.

—Tenía la impresión de que preferías no fingir nuestra relación en público, así que venir aquí me ha parecido la solución perfecta.

En realidad, sus motivos estaban tan alejados de aquello que Lysandros se sintió culpable. En realidad, solo quería retomar lo que habían empezado el día anterior con el beso que se habían dado.

–Gracias –le dijo ella con voz muy sexy.

Él se sentó en un borde de la manta blanca que tenían delante y abrió la cesta para sacar gofres, fruta y flores. Rio se quedó inmóvil un momento, observándolo, antes de arrodillarse en la manta también. Era evidente que no estaba cómoda.

–No obstante, tendremos que aparecer juntos en público al menos una vez antes de nuestra fiesta de compromiso.

–¿Por qué? –inquirió ella.

Se había olvidado un poco de cuál era realmente la situación al ver el picnic, pero tenía que ser consciente de que mientras desempeñase el papel de prometida de Lysandros tendría que estar a su lado cuando hubiese algún acontecimiento público. En especial, en la fiesta benéfica de Atenas que él mismo había organizado. De lo contrario, Xena empezaría a hacerse preguntas. Lysandros siempre asistía a esos eventos acompañado de alguna mujer guapa y en esa ocasión sería ella, su prometida.

–Es un evento anual al que acudo siempre y que llevo en el corazón. Tanto a mi madre como a Xena les parecería extraño que no me acompañases.

–¿No sería mejor que me quedase haciendo compañía a Xena? Al fin y al cabo, a eso es a lo que he venido, a hacerle compañía, a ayudarla a recuperarse.

Fue casi un ruego, pero Lysandros no sintió pena por Rio.

Tal vez había utilizado a Xena como excusa

para conseguir llevar a Rio a Grecia, pero lo cierto era que tenía sus propios motivos. Siempre le había resultado difícil permitir que nadie se le acercase demasiado y el engaño de Kyra había hecho que se cerrase todavía más. No obstante, desde el momento en el que había conocido a Rio había sentido que esta tenía un extraño poder sobre él. Rio había conseguido abrir poco a poco la puerta de sus emociones. Hasta el momento en que Rio había decidido cambiar eso. Él se negaba a aceptar aquel cambio, se negaba a aceptar que lo suyo se hubiese terminado. Rio le hacía sentir y él quería abrirse y conectar con ella como no había conectado con nadie en mucho tiempo.

Sirvió café y permitió que el fuerte aroma de este penetrase en sus sentidos.

—Eres una buena amiga. Estás haciendo todo lo que puedes para ayudarla a recuperarse —comentó, fijándose en que Rio arqueaba las cejas ligeramente.

—No me has dado elección, Lysandros —le replicó ella, aprovechando la oportunidad para hacerle saber lo que pensaba en realidad de todo aquello—. Ya en el hospital me hiciste sentir que, si no hacía lo que me pedías, no era una buena amiga.

Era evidente que estaba molesta y él intentó calmarla.

—Xena está contenta y tranquila. Y eso es precisamente lo que dijo el médico que necesitaba para recuperarse de la amnesia. Espero que eso ocurra pronto. No me gusta verla así.

Rio cambió de postura, se sentó con las piernas dobladas a un lado, pero no fue capaz de mirarlo a los ojos.

—Eso espero yo también —admitió con la vista clavada en el picnic que tenían delante, del que los dos se habían olvidado.

Él se acercó más. Necesitaba ver bien su expresión.

No obstante, Rio siguió sin mirarlo.

—Yo deseo ver bien a Xena tanto como tú. ¿Por qué piensas que estamos haciendo esto?

—Pero estamos prometidos —le recordó ella, levantado la mirada a sus ojos.

—Dejaremos de estarlo en cuanto Xena recupere la memoria —le respondió él—. ¿Tan horrible te parece ser mi prometida?

—No —susurró ella—. De hecho, hubo un tiempo en el que…

Se interrumpió y él recordó aquella tarde en Londres, el recital y el apasionado beso que se habían dado. ¿Cómo era posible que su relación hubiese cambiado tanto?

—¿Qué ocurrió, Rio? ¿Por qué no acudiste a nuestra cita aquella noche?

Ella sacudió la cabeza, negándose a responder. Él sintió que estaba más cerca de averiguarlo, necesitaba saberlo.

—¿Te arrepentiste de haberme dicho que querías pasar la noche conmigo? ¿Cambiaste de opinión?

Rio lo miró como si fuese a responderle, como si estuviese buscando la manera de hacerlo.

–No me habría importado –continuó él, al ver que no respondía–. No tengo la costumbre de forzar a ninguna mujer.

Ella abrió más los ojos y respiró hondo.

Lysandros le tocó la mano.

–¿Rio?

–Sí, cambié de opinión –le dijo ella con mucha tristeza.

–¿Por qué? ¿Por qué, si parecías tan feliz?

Lysandros frunció el ceño, no entendía que Rio no quisiese darle una respuesta. La miró y vio que tenía los ojos llenos de lágrimas que empezaron a correr por sus mejillas.

–Rio.

Sintió que necesitaba protegerla y se acercó a abrazarla para reconfortarla.

Ella se hizo un ovillo contra su pecho, estaba temblando y Lysandros le dio un beso en la cabeza. El olor a limpio de su champó invadió sus sentidos. La deseó de nuevo, incluso en aquella situación.

Levantó la vista al cielo azul y el sol le calentó el rostro. Después volvió a mirarla y Rio se apartó ligeramente de él y lo miró a los ojos, y Lysandros deseó besarla y hacer que olvidase aquello que la estaba poniendo tan triste.

Inclinó la cabeza hacia ella y se quedó muy cerca de su rostro, pero Rio se apartó de manera brusca.

–No puedo hacerlo –le dijo, poniéndose en pie, con la respiración acelerada–. No puedo volver a besarte. No quiero.

Se alejó de él, corriendo por la playa en dirección a la barca.

–Rio. Espera.

Lysandros la siguió, divertido por su repentino cambio de humor. Había tenido la sensación de que ella también quería besarlo, había separado los labios, como esperando los suyos. Y, de repente, había cambiado de opinión.

Llegó a su lado, la agarró de la mano e hizo que se detuviese. La obligó a mirarlo a los ojos y le sorprendió ver tanto miedo en ellos.

–No tenía que haber venido a Grecia. No tenía que haber accedido a nada de esto. No puedo hacerlo, Lysandros. No puedo.

Él se dijo que tenía que saber qué estaba ocurriendo realmente.

–Cuando me besaste después del recital lo hiciste con pasión, lo sentiste de verdad, Rio, lo mismo que ayer. Dime qué es lo que te da miedo. ¿Te doy miedo yo?

Ella intentó zafarse, pero Lysandros no la soltó. Quería tenerla cerca y protegerla de lo que la asustase.

–Sí –espetó Rio–. Me das miedo tú, así que suéltame.

–¿Yo? –le preguntó él con incredulidad, confundido y enfadado al mismo tiempo.

Vio en sus ojos el mismo miedo que había visto el día anterior cuando le había pedido que lo besara. Entonces había pensado que era solo miedo a enfrentarse a la atracción que había entre ambos, pero en esos momentos ya no estaba tan seguro. Rio no estaba coqueteando ni jugando con él, había algo más. Algo más que iba a exigir de él mucho más que demostrarle a Rio lo mucho que la deseaba.

Rio no podía creer que hubiesen llegado a aquello. Lysandros le había hecho volver al doloroso momento en el que Hans había intentado sobrepasarse con ella y en esos momentos le estaba preguntando por qué exactamente había puesto fin a su relación con él. No obstante, no podía contárselo. Si su compromiso hubiese sido real, si él quisiese algo más que una relación carnal, tal vez habría sido diferente. Habría podido contárselo si hubiese sabido que él sentía lo mismo por ella que ella por él, pero nada de aquello era real, ni el desayuno romántico ni el anillo que llevaba en el dedo. Todo era fingido, una elaborada farsa orquestada por un hombre que no quería una relación seria.

—Fue más la situación que tú —balbució Rio, intentando salir del atolladero en el que se había metido.

Lysandros era una amenaza para ella, por motivos muy distintos a los que hacían que Hans también lo hubiese sido. Porque Rio quería más, lo quería a él.

Deseaba que Lysandros la besase, la abrazase, anhelaba que la enseñase lo que era realmente la pasión y el deseo, pero no podía poner en peligro su corazón, sobre todo, sabiendo que él ya había puesto fecha de caducidad a su falso compromiso.

–¿La situación? –le preguntó él con voz profunda, impaciente.

–No quiero estar prometida, Lysandros, ni contigo ni con nadie.

–Yo tampoco.

La fría y dura realidad la golpeó con fuerza.

–Mi exprometida, que me fue infiel, hizo que descartase el matrimonio para el resto de mi vida. No es para mí.

–Pero tu madre espera que le des nietos, ¿no? –comentó ella por curiosidad.

–Sí, pero con un poco de suerte, Xena se casará algún día y tendrá hijos que podrán heredar el negocio familiar.

Su impasibilidad hizo que a Rio le quedase claro que Lysandros no quería ser padre. Aquella era otra razón más por lo que no debía encariñarse más con él, aunque hubiese empezado a verlo de manera diferente y eso le hubiese hecho desear un futuro a su lado.

–Lysandros… –empezó con cautela, deseando poder contarle la verdad, pero la profundidad de su mirada, vacía de emoción, le hizo perder la seguridad y acabó con la oportunidad de decir nada.

–Quiero disculparme por haber intentado besarte –le dijo él con toda sinceridad, lo que la confundió todavía más–. Tienes mi palabra de que no te obligaré a hacer nada que no quieras hacer.

Alargó la mano y la puso encima de la de ella, haciendo que Rio se estremeciese con el contacto. El gesto le demostró que le importaba, que cumpliría con su palabra.

–Si ocurre algo entre nosotros, será porque tú quieras –añadió.

–Lo que teníamos antes, estaba bien, pero… –le respondió ella, dándose cuenta de que el momento de contarle la verdad había quedado atrás–. Nunca seré lo que tú necesitas.

–Si esa es tu opinión, debo aceptarla.

Ella se sintió decepcionada, pensó que Lysandros hacía que se sintiese insegura, pero que era posible que lo hubiese juzgado mal. Ya no estaba tan convencida de que su interés por ella fuese meramente físico. Tal vez debajo de aquella fachada tan dura hubiese un hombre tierno y cariñoso al que ni él mismo conocía.

–¿Y qué hay de nuestro compromiso y de la necesidad de fingir que estamos enamorados? –intentó hablar de manera brusca y profesional, ya que no quería que Lysandros se diese cuenta de lo implicado que estaba ya su corazón.

–Tenemos que volver de este fin de semana como una pareja feliz, con que nos demos la mano y sonriamos convenceremos a Xena y a mi madre. Yo tengo reuniones de trabajo toda la semana y tú te quedarás con Xena en la isla, pero sí que me gustaría que asistieses conmigo a la fiesta benéfica que hay en Atenas el fin de semana que viene.

–¿De verdad es necesario? –le preguntó ella.

–Solo tendrás que estar unas horas a mi lado, pero el hecho de que pasemos el fin de semana juntos en Atenas terminará de convencer a mi madre de que, a pesar de que juré que no me casaría jamás, he decidido comprometerme contigo.

–¿De verdad piensas que hace falta?

Él asintió.

–Sí, Rio –le dijo, mirándola a los ojos–. Estamos haciendo esto por Xena, ¿recuerdas?

Ambos se quedaron en silencio. Lysandros estaba poniendo como excusa que lo hacía todo por su hermana y Rio también quería ayudarla, así que su única opción era aceptar lo que él le pidiera.

Capítulo 6

RIO SE había sentido incómoda desde la conversación que habían mantenido en la playa, atrapada en aquel falso compromiso. Lysandros no había vuelto a mencionar el tema durante la comida en el yate y había desaparecido en su camarote poco después, dejándola a ella en cubierta para que disfrutase del sol. Rio había intentado olvidarse de todo: el beso, el compromiso y Lysandros, pero sabía que lo tenía muy cerca y no se podía relajar.

—¿Te gustaría darte un baño?

Rio miró a Lysandros y se le aceleró el corazón. Solo llevaba puesto un bañador negro. No fue capaz de apartar la mirada de su cuerpo, tenía la piel bronceada y brillante.

Parpadeó varias veces e intentó recuperar el habla.

—¿Un baño?

Él sonrió de manera muy sexy y Rio supo que se había dado cuenta de la reacción que había causado en ella. Se preguntó si lo habría hecho a propósito para incomodarla o para demostrarla que era evidente que la atracción entre ambos seguía allí.

—Sí, un baño —le respondió, alargando la mano

hacia ella–. Nadar en el mar es muy refrescante. Deberías probarlo.

Ella pensó en el atrevido traje de baño que tenía en el camarote. Xena la había convencido de que se lo comprase, pero todavía no había tenido ni el valor ni la oportunidad de ponérselo. No obstante, la idea de bañarse en el mar le resultó muy tentadora.

–Voy a cambiarme.

Permitió que Lysandros la ayudase a ponerse en pie dándole la mano y, al hacerlo, se obligó a clavar la vista en su rostro y no en su pecho. No obstante, Rio aspiró el olor de su cuerpo y no pudo evitar sentirse aturdida por el deseo. Nunca había visto a un hombre desnudo, o tan cerca de estar desnudo, y se sintió abrumada.

–No tardes demasiado o tendré que bajar a buscarte –le advirtió él en tono de broma.

Ella se estremeció. Era evidente que volvía a desear a Lysandros a pesar de lo ocurrido con Hans. Su cuerpo lo deseaba, anhelaba lo que habrían podido tener. Y su corazón, también. No obstante, por el momento seguía mandando su cabeza.

Se echó a reír, deseosa de volver a ser ella, la mujer que le había dicho a Lysandros que quería pasar la noche con él.

–En ese caso, me daré prisa.

Él arqueó las cejas y siguió sonriendo.

–Por supuesto.

Rio se cambió tan rápidamente que no le dio tiempo a preocuparse de cómo le quedaba el traje de baño negro que tenía tan poca tela que era casi un bikini. Seguía demasiado nerviosa con la imagen de Lysandros en bañador.

De repente, al llegar a la plataforma que había al final del barco, se sintió demasiado expuesta. Lysandros estaba en el mar, nadando mientras la devoraba con la mirada. Rio pudo sentir su calor en la distancia y supo que la única manera de salir de aquella situación era volviéndose al camarote o saltando al agua. Así que, sin dudarlo más, saltó al agua.

Estaba mucho más fría de lo que había esperado y dio un grito de sorpresa. Era la primera vez que se bañaba en el mar. Al principio sintió pánico al no tocar el fondo con los pies y ver que a su alrededor solo había agua. Aquella imagen reflejaba a la perfección cómo se sentía cada vez que Lysandros la miraba. Tenía tanto miedo que no era capaz de coordinar brazos y piernas para nadar y se sentía aturdida.

Entonces notó que Lysandros le ponía un brazo alrededor del cuerpo y la apretaba contra el suyo para volver con ella a la plataforma que había al final del barco. Rio lo miró mientras intentaba calmar su respiración.

–¿Estás bien? –le preguntó él con la misma preocupación que cuando se había agachado delante de ella en el hospital.

Rio estuvo a punto de creer que de verdad le importaba.

Se dijo que debía apartar la mirada de él, que debía impedir que la engañase, pero no podía moverse.

–Es la primera vez que hago esto –admitió casi sin aliento, sin saber si se refería realmente a nadar en el mar o a que la abrazase un hombre casi desnudo.

Era una situación salvaje, erótica. Después de lo ocurrido con Hans, Rio tenía que haber sentido miedo, pero aquello era lo último que estaba sintiendo. En esos momentos lo único que quería era seguir entre los brazos de Lysandros y disfrutar de la sensación de protección que estos le provocaban. Lo miró a los ojos y supo que estaba perdida. Se estaba enamorando otra vez de él, lo deseaba más que nunca. Si Lysandros volvía a intentar besarla, Rio no querría que parase jamás.

–Necesito nadar –gruñó él, soltándola después de haberla dejado agarrada a la barandilla de la plataforma.

Se miraron a los ojos y Rio no encontró las palabras necesarias para ocultar lo que sentía en esos momentos, para decirle que no quería que se alejase de ella.

Lysandros se alejó con decisión, cada vez más. Y ella pensó que debía sentirse aliviada porque había estado a punto de besarlo, pero no podía hacerlo hasta que no le contase lo que había ocurrido después del recital.

Salió del agua intentando no sentirse decepcionada al ver que Lysandros había cumplido con su palabra. Molesta consigo misma y sus emociones, se envolvió en una enorme toalla e intentó calmar aquellos temblores que se debían más a Lysandros que a que el agua estuviese fría. Después fue hacia la cubierta principal sin mirar atrás. No quería ver su cuerpo atlético saliendo del agua. Estaba enamorándose otra vez de él.

Lysandros se quedó en el mar hasta un rato después de que Rio se hubiese ido a la cubierta. Nadó hasta sentir que le faltaban las fuerzas, sabiendo que no podría luchar contra el deseo que sentía por ella mucho tiempo más. Fuese lo que fuese lo que había entre ambos era mucho más poderoso de lo que había sentido jamás por ninguna otra mujer y, al ver que Rio casi se hundía en el agua, la necesidad de protegerla había sido abrumadora.

Así que cuando por fin la había rodeado con el brazo solo había pensado en hacerla suya y demostrarle que no tenía por qué sentir miedo de la pasión ni del deseo.

Pero la había dejado marchar. No había confiado en él mismo. Le había prometido a Rio que la iba a respetar, que la única persona que podía iniciar algo más era ella. Le había dado su palabra y la tenía que respetar.

Cuando llegó a su lado en la cubierta ya había recuperado el control de su cuerpo y el sensual traje de baño negro estaba, afortunadamente, cubierto por un vestido largo y negro. No obstante, cada vez que cerraba los ojos volvía a verla como un rato antes.

Se dijo que la música haría que se olvidase de ella, así que puso el equipo de sonido en marcha.

Se quedó de espaldas a ella mientras las primeras notas de piano empezaban a flotar en la brisa del mar. Eso lo calmaría y, además, tranquilizaría a Rio con el instrumento que ella misma tocaba. No obstante, cuando se giró hacia ella la vio más nerviosa que nunca.

—Es una de las obras favoritas de Xena —comentó, mirando a Rio con preocupación.

Deseó volver a abrazarla, pero se contuvo para que no ocurriese lo que ya le había ocurrido en el agua.

—Deberías tocarla para Xena cuando volvamos a casa —añadió, dándose cuenta de repente de que no la había oído tocar desde que estaban en Grecia.

—No voy a sentarme a tocar para Xena cuando ella no sabe cuándo podrá volver a tocar el violín —replicó ella enfadada.

Aquello extrañó a Lysandros todavía más.

—La muñeca se le curará, pero lo más importante es que recupere la memoria. Y tal vez ayude que te oiga tocar.

Rio se alejó de él. El vestido se le pegó a las piernas con la brisa del atardecer, pero Lysandros se obligó a no fijarse en eso. Rio se giró a mirarlo un momento y él volvió a pensar que le estaba ocultando algo.

—¿Qué ocurre? ¿Qué es lo que te preocupa o te asusta? —le preguntó.

Estaba muy tensa, era evidente que había algo que no le había contado. Algo importante.

—Me lo puedes contar, Rio. Sea lo que sea.

Ella se dio la vuelta, estaba pálida.

–Ese es el problema, que no puedo –dijo con exasperación.

A sus espaldas el sol estaba empezando a caer, creando una fusión de tonos naranjas en el cielo, pero Lysandros solo podía pensar en su falta de capacidad para lidiar con las emociones. No sabía qué hacer ni qué decir. Siempre había sido así, incluso de niño. Había estado tan encerrado en sí mismo que habían sido pocas las personas capaces de llegar a él.

Ni siquiera su padre lo había conseguido. Su padre había sido igual de inaccesible.

De adulto, Lysandros había decidido que debían de haberse parecido mucho. De niño, sin embargo, había pensado que la falta de interés que su padre tenía en él se debía a que nunca había querido ser padre.

No obstante, esa teoría había perdido peso después de la llegada de Xena, que había sido un bebé no buscando ni esperado, pero con el que su padre había sido capaz de abrirse y demostrar amor. Todo lo contrario de lo que él había recibido de su progenitor.

Convencido de que era culpa suya, Lysandros se había encerrado en sí mismo.

–¿Por qué no puedes, Rio?

Deseaba acercarse a ella, tomar sus manos y ayudarla a tranquilizarse. Quería mirarla a los ojos mientras le acariciaba el dorso de la mano, quería reconfortarla.

–Porque no puedo.

–¿Tiene algo que ver con Xena? ¿Con el accidente?

Ella lo miró con los ojos muy abiertos y se abrazó por la cintura, como para reconfortarse sola.

–Ya te conté que habíamos discutido esa noche –le dijo ella, bajando la vista.

Él pensó que debía sentirse furioso porque Rio no quería contarle la verdad, pero lo que sentía en esos momentos no era ira, sino algo nuevo y extraño.

Puso la mano debajo de la barbilla de Rio para que lo mirase a los ojos.

–¿Por qué? –le preguntó en tono amable y cariñoso, necesitando saber qué era lo que le resultaba tan doloroso.

–Tenía que haberla apoyado, pero discutimos y yo decidí meterme en la cama. Si hubiese sabido que iba a salir de casa después de que yo me acostase…

Intentó bajar la vista de nuevo, pero él no se lo permitió.

–¿Sobre qué discutisteis? –volvió a preguntar.

–Por el hombre con el que Xena estaba saliendo.

–¿Xena salía con alguien?

Aquello era nuevo para él.

–Sí, pero se terminó –admitió Rio en un susurro–. Por favor, que Xena no se entere de que te lo he contado.

La idea de que su hermana no había querido que se enterase de que tenía novio lo incomodó.

–¿Y se acuerda de él?

Rio negó con la cabeza y el movimiento hizo que él bajase la mano.

–Es otra de esas circunstancias negativas que, al parecer, prefiere no recordar.

–¿Otra?

Rio se dio cuenta de su error y se alejó de él.

La suave melodía del piano los envolvía, creando un ambiente romántico que chocaba completamente con su estado emocional.

–Se llama Ricardo –empezó, sentándose en el sofá–. Xena estuvo saliendo varios meses con él.

–¿Y por qué no quería que yo me enterase? –preguntó Lysandros.

Rio no supo qué decir. No supo si contarle la verdad y traicionar a Xena todavía más.

Lysandros volvió a mirarla y ella se dio cuenta de que el poderoso hombre de negocios parecía tan vulnerable como se sentía ella.

–¿Por qué, Rio? –volvió a preguntar con desesperación.

Quería mucho a Xena, aunque no lo demostrase. Quería a su hermana. Rio deseó acercarse a él y abrazarlo, decirle que no pasaba nada por ser débil ni por sentirse amado.

–No puedes decirle a Xena que te lo he contado –le respondió ella en un tono tan firme que ambos se sorprendieron–. Yo jamás traicionaría la confianza de una amiga en circunstancias normales, pero la amnesia de Xena no es una circunstancia normal.

Él frunció el ceño.

–Continúa, Rio.

–Ricardo estaba casado –le dijo ella sin más.

Lysandros se dio la media vuelta y respiró hondo. Rio no había esperado aquella reacción. Había esperado que se enfadase, pero no aquello. Xena ya le había contado que Lysandros había estado prometido y que su novia lo había dejado a tan solo unos días de la boda. Era comprensible que reaccionase así cuando se hablaba de infidelidades.

Rio se acercó a él con la atención clavada en sus anchos hombros.

–Xena me contó el motivo por el que te enfadaría que estuviese saliendo con un hombre casado. Me dijo que era porque tu padre rompió la familia cuando ella era niña.

Lysandros la miró, la expresión de sus ojos era indescifrable.

–¿Pero estuvo con él igualmente?

Rio apoyó una mano en su hombro y sintió el calor de su piel desnuda en la mano.

–No quería hacerte daño, por eso no te lo contó.

Él la miró un instante a los ojos, completamente emocionado.

–Debiste de querer mucho a tu prometida –añadió Rio.

–¿Mi prometida? –repitió él, que había recuperado la compostura otra vez.

–Sí. Xena me contó… –balbució Rio–, me contó que habías estado a punto de casarte.

–Sí, es cierto –dijo él, como si estuviese hablando con una extraña, en tono frío–. Pero ella no quería casarse, al menos, conmigo. En vez de ser sincera, me dejó por otro.

–Lo siento –susurró Rio.

–Fue un gran engaño.

–Nosotros también estamos engañando a todo el mundo –le advirtió ella.

Pensó en todas las personas que iban a llevarse una decepción cuando saliese a la luz la verdad. Xena, su madre. Y dio gracias de no haberle contado nada a sus padres todavía. Sabía que estos albergaban la esperanza de que encontrase al hombre adecuado y se casase.

–Tal vez –respondió él.

Y la expresión de sus ojos cambió. De repente ya no era fría, sino de deseo.

–Pero hay algo que es verdad, Rio –añadió.

–¿El qué? –le preguntó ella con voz ronca.

Él le acarició la mano con el dedo pulgar y la sensación hizo que Rio desease mucho más, que desease que Lysandros tocase todo su cuerpo, no solo la mano.

–Que me siento muy atraído por ti, Rio. Eso es verdad.

Ella lo miró. Su declaración acababa de confirmarle que para él lo que había entre ambos era solo físico. Tal vez Rio había empezado a tener la esperanza de que pudiese haber algo más, pero aquellas palabras le advirtieron que no era posible. Y si lo era, ¿querría Lysandros algo con ella después de haberle dicho que quería pasar la noche con él para después dejarlo plantado? Él no sabía que era virgen, no tenía ni idea de lo importante que era aquello para ella. Si continuaban con su aventura, de verdad, no porque estuviesen falsamente comprometidos, ¿esperaría Lysandros acostarse con ella de inmediato?

Ella estaba dispuesta a admitir que se sentía atraída por él, pero no a arriesgar completamente su corazón. Antes de tener relaciones íntimas con él tenía que contárselo todo. Y tenía que arriesgarse a que él la rechazase para siempre.

–Sé que te dije que no haría nada que tú no quisieras, pero… –empezó Lysandros, apartándole un mechón de pelo de la cara con cuidado–. Quiero besarte, Rio.

Ella sintió que no podía más, que, o se apartaba, o lo besaba.

Notó cómo su cuerpo se inclinaba hacia él, cómo el deseo crecía en su interior.

–Lysandros… –susurró con voz ronca.

Él se tomó aquello como una invitación y le rozó los labios con los suyos. Rio cerró los ojos y lo besó. Él no la rodeó con sus brazos y ella se lo agradeció. La había dejado al mando de la situación y ella lo aprovechó para abrir los ojos y retroceder para alejarse de la tentación.

Capítulo 7

LA IMAGEN de Rio, mirándolo a los ojos en el yate, con la mirada llena de pasión y dudas, acompañó a Lysandros toda la semana. Todavía podía notar sus labios en la boca. Entonces ella había retrocedido, obligándole a cumplir la promesa que le había hecho. Las dudas y la vulnerabilidad de Rio lo habían llevado a terminar de inmediato con su fin de semana juntos para volver a la isla con Xena aquella misma noche.

Seguidamente, él se había marchado a Atenas para poner la máxima distancia posible entre ambos y con la esperanza de que, tras una semana de reuniones y trabajo, sus emociones se hubiesen calmado.

Pero en cuanto Rio había llegado a su ático aquella mañana, Lysandros se había dado cuenta de que seguía deseándola más que nunca.

Respiró hondo y esperó a verla salir de la habitación. Desde que había llegado Rio, el apartamento había sido un hervidero. Le habían llevado vestidos, zapatos y bolsos que había comprado con Xena. Y aquella noche, cuando lo acompañase a la fiesta benéfica, Lysandros tendría que poner a prueba su fuerza de voluntad.

La puerta de la habitación de Rio se abrió y él se giró a mirarla y pensó que no se había preparado para aquello.

–Estás preciosa –le dijo, acercándose.

El vestido de seda azul marino le quedaba como un guante y Lysandros la deseó con una intensidad desconocida hasta entonces. Una pasión que amenazaba con consumirlo completamente.

Solo podía pensar en cómo habían encajado sus cuerpos cuando la había sujetado en el mar. Su gesto, el pelo mojado y echado hacia atrás, las pestañas cargadas de gotas de agua habían creado una imagen tan sexy que no podría sacársela jamás de la memoria. En esos momentos, esa otra imagen de una Rio sofisticada y sexy se uniría también a su álbum de recuerdos.

–Xena me aseguró que sería perfecto para la fiesta de esta noche.

Rio se miró y levantó la falda de seda, volvió a dejarla caer e intentó ajustarse el escote, que era muy atrevido. Después volvió a mirarlo a él, estaba nerviosa, ya no era la mujer segura de sí misma que había abierto la puerta, sino una persona inocente y vulnerable.

–Divino –añadió él, pensando en la mujer y no en el vestido.

–Es muy bonito, sí, pero nunca me había puesto algo tan atrevido. Xena es mucho más osada que yo y ya sabes cómo es cuando se le mete algo en la cabeza.

Lysandros se acercó a ella, no pudo evitarlo. Se

había pasado toda la semana inmerso en el trabajo y no se había dado cuenta de lo mucho que había echado de menos su compañía.

–Estás increíble, Rio. Esta noche todos los hombres se fijarán en ti.

–Eso es lo que no quiero –protestó ella–. No me gusta llamar la atención.

Él frunció el ceño. Había algo que no tenía sentido.

–El vestido es precioso, lo mismo que tú.

Lysandros se dio cuenta de que nunca había sentido la necesidad de proteger así a nadie. Lo único que quería era cuidar de ella, que estuviese bien. Y sentía algo más profundo por ella, algo que todavía no se atrevía a explorar.

–Pero yo me siento… –admitió Rio-… vulnerable.

–Relájate –le dijo él en voz baja, acercándose lo suficiente para inhalar el olor de su perfume.

Sin pensarlo, alargó la mano y le apartó un mechón de pelo que se le había salido del elaborado moño que le habían hecho.

–Yo estaré a tu lado toda la noche, si tú quieres.

–Sí –susurró ella.

A Lysandros se le aceleró el pulso, no podía desearla más. Se preguntó si por fin estaban llegando al mismo punto en el que habían estado la tarde del recital, cuando Rio le había dicho que quería pasar la noche con él.

–En ese caso, será un honor tener a mi lado a una mujer tan bella.

Tendría que haber estado ciego para no fijarse en la curva de sus pechos. Nunca había visto a Rio tan sexy y le extrañaba que Xena hubiese escogido para ella un vestido así, aunque su hermana todavía no había recuperado la memoria y, tal vez, no sabía que Rio se sentiría vulnerable vestida de aquella manera.

—Lo único que puedo decir es que Xena ha elegido bien.

Rio se ruborizó y bajó la vista, pero él no retrocedió.

—Gracias —le dijo, volviendo a mirarlo—. Por cuidar de mí, por tener paciencia.

Hizo una pausa, como dudando si añadir algo más, y sucumbiendo finalmente a la tentación.

—Y por no insistir demasiado a pesar de lo que te dije después del recital.

Lysandros tomó su mano y la miró a los ojos, y vio deseo en ellos, el mismo que sentía él. Tal vez Rio se estuviese conteniendo, pero los dos querían lo mismo. Fuese cual fuese su motivo para terminar con su relación, no podía ser la falta de deseo o atracción.

—Estamos en una situación extraña —comentó él, acariciándole la mano con el pulgar—. Nuestro compromiso no es real y, como ya sabes cuál ha sido mi experiencia anterior, espero que puedas comprenderlo.

Se imaginó estar prometido a Rio de verdad. Se imaginó haciendo planes de boda y pasando el resto de su vida con aquella mujer, y le sorprendió que la idea no le pareciese mal.

–Lo comprendo –le respondió ella, como si lamentase que fuese así.

–Pero sí hay algo real: el deseo que sentimos el uno por el otro. Yo lo siento siempre que te tengo cerca y, cada vez que te miro a los ojos y veo deseo en ellos, tengo que hacer un gran esfuerzo para cumplir la promesa que te hice.

Rio respiró hondo, pero no apartó la mano de la suya.

–Yo también me estoy controlando, Lysandros –admitió en un susurro.

Él se llevó su mano a los labios y le dio un beso, gesto que lo removió por dentro todavía más. Desde la primera cita, se había prometido ir despacio, al ritmo que le marcase Rio. Lo que no había esperado era que esta lo sacase de su vida, sobre todo, teniendo en cuenta que se llevaban muy bien y había mucha atracción entre ambos.

–Hay algo que debería contarte, Lysandros –añadió ella emocionada–. Algo que tal vez apague por completo ese deseo.

–Cuéntamelo. Sea lo que sea, cuéntamelo porque me estoy volviendo loco.

–Quiero hacerlo, pero este no es el momento. No tenemos tiempo. Ahora tenemos que marcharnos a la fiesta benéfica –le respondió Rio, nerviosa.

Y él aceptó que no era el momento adecuado para insistir.

–Cuando estés preparada puedes contarme lo que quieras.

–Gracias.

Rio bajó la vista un instante y después volvió a mirarlo con timidez.

–Pronto lo haré. Cuando esté preparada.

Lysandros supo que tenía que darle más tiempo.

–Nos está esperando el coche –le informó con brusquedad, intentando no pensar en el deseo que sentía por ella–. Tenemos que marcharnos.

«Antes de que se me olvide la paciencia y te bese para demostrarte que eso es lo único que importa».

Lysandros se había mantenido fiel a su palabra toda la noche y Rio había disfrutado de la fiesta. En esos momentos estaba delante de los invitados, escuchando los aplausos que le dedicaban a su acompañante por el discurso que acababa de dar. Era evidente que todo el mundo lo respetaba y que aquel evento, organizado por él, ayudaba a muchas familias que estaban sufriendo la crisis en Grecia.

Él la miró desde el escenario, sonrió y después volvió a hablar en griego. Después siguió otra ronda de aplausos y ella pensó que la presencia de Lysandros era igual de impactante en bañador que vestido de esmoquin.

Era la clase de hombre que podía romperle el corazón a cualquier mujer, pero con ella había sido cariñoso y paciente desde que había llegado a Atenas. Así que Rio tenía que admitir que lo había echado de menos durante la última semana. El fin de semana que habían pasado juntos en el yate había estado a punto de olvidarse de sus miedos y de por qué había terminado su relación con él. Y en esos momentos no podía evitar desear más. Quería que Lysandros borrase todos sus miedos con sus besos y caricias.

Y quería que aquello ocurriese esa misma noche, pero antes tendría que contárselo todo. Tal vez su compromiso no fuese real, pero la tensión sexual que había entre ambos sí que lo era. A pesar de que siempre había pensado que entregaría su virginidad a un hombre al que amase, con el que se casaría, no podía evitar querer hacerle aquel regalo a Lysandros. Aunque fuese solo una noche. En especial, sabiendo que necesitaba dejar atrás el pasado de una vez por todas.

Apagaron las luces y hubo más aplausos. Rio salió de sus pensamientos confundida y entonces vio a Lysandros acercándose a ella.

—He terminado el discurso diciendo que voy a abrir el baile con mi prometida —le explicó él, sonriendo con malicia—. ¿Me haces el honor? ¿O me vas a hacer quedar como un idiota?

Ella se echó a reír y pensó que nunca se había sentido tan a gusto con un hombre.

—Bailaré contigo solo para que no hagas el ridículo.

Lysandros tomó su mano y la llevó hasta la pista de baile entre aplausos. Y cuando la tomó entre sus brazos Rio no se sintió incómoda, sino en su lugar.

–Me parece que he sorprendido a todo el mundo –comentó él en voz baja.

Rio sintió calor al sentirlo tan cerca. Quiso que la besara una vez más y sentir el placer de saberse deseada por Lysandros.

–¿Porque vas a bailar? –bromeó, intentando disimular el deseo que sentía por él.

–Tal vez, aunque me parece que lo que más les ha sorprendido es que esté prometido a la mujer más bella del salón.

–En ese caso, tal vez debiera darles yo otra sorpresa –le dijo ella en tono sugerente.

–¿Qué clase de sorpresa? –le preguntó él.

Y entonces Rio decidió que no podía seguir negando lo innegable, acercó sus labios a los de él y cerró los ojos para saborear la sensación.

Él le acarició la mejilla, enterró los dedos en su pelo, deshaciéndole el peinado. Y ella se preguntó por qué había tardado tanto tiempo en hacer aquello. ¿Por qué no había sido valiente para admitir que lo deseaba?

«Porque no estabas preparada».

Pero ya lo estaba.

Lysandros se apartó de ella lentamente.

–Has fingido muy bien. Ahora todo el mundo creerá que estamos prometidos de verdad.

–No he fingido –lo corrigió Rio sin dejar de mirarlo.

Estaba convencida de que había llegado el momento de dejar el pasado atrás y explorar la alegría de ser amada por un hombre. Confiaba en Lysandros. Este había sido sincero con ella, le había contado el motivo por el que no creía en el amor. Y esa vulnerabilidad la había ayudado, lo mismo que su paciencia. A pesar de aparecer como un hombre de negocios despiadado ante el mundo, era una persona buena. Rio empezó a sentirse esperanzada. Tuvo la esperanza de que pudiese surgir entre ambos algo más.

—Menos mal que estamos rodeados de gente —comentó él, devorándola con la mirada.

—¿Por qué? —le preguntó ella en tono de broma.

—¿Por qué? —repitió él—. Porque si no, no habría podido dejar de besarte.

—Pues bésame otra vez, quiero que me beses —le confesó ella, casi sin poder creer lo que estaba ocurriendo.

—Rio —susurró él—. ¿Estás segura de que es lo que quieres?

Ella notó cómo la respiración de Lysandros se aceleraba. Quería hacer el amor con él, pero antes tenía que contarle lo ocurrido con Hans.

—Sí, pero…

Él le dio un beso en los labios.

—Te prometí que no pasaría nada hasta que tú no quisieras.

Ella lo miró a los ojos y entendió lo que Lysandros quería decirle. Que controlaba la situación. Y eso era todo lo que ella necesitaba saber.

El deseo seguía corriendo por sus venas cuando llegaron a casa de Lysandros. El breve trayecto en coche no había disminuido la tensión sexual ni había hecho que Rio cambiase de opinión, pero cada vez estaba más nerviosa. Antes de que ocurriese nada entre ambos, tenía que contarle por qué lo había dejado la noche del recital.

Tenía un nudo en el estómago. No era solo lo que Hans le había hecho. Además, era virgen y había decidido dejar de serlo con él. Y no sabía si también debía contarle aquello a Lysandros.

—¿Champán? —le preguntó este.

—Perfecto —respondió ella, alegrándose de tener un momento para intentar tranquilizarle.

Se acercó al piano que había junto a los ventanales con vistas a Atenas. Quería tocarlo, pero todavía no era el momento.

—Necesito contarte algo.

Él la miró con la botella de champán, aún cerrada, en la mano.

—Dime, Rio —la alentó con voz tranquila.

—El motivo por el que aquella noche no cené contigo…

Rio se interrumpió, intentó valorar cuál sería la reacción de Lysandros, que la estaba mirando con preocupación.

—Fue que estaba asustada.

—¿Asustada? —repitió él con incredulidad.

Ella tomó aire antes de continuar.

—No me dabas miedo tú, sino lo que te había dicho que quería.

—¿Te refieres a pasar la noche conmigo?

Ella asintió.

–Eso era lo que quería aquella noche y lo que quiero ahora también.

Él dejó la botella y se acercó a ella con el ceño fruncido.

–Yo también, no sabes cuánto lo deseo, pero no quiero que tengas miedo. Cumpliré mi promesa de no hacer nada que tú no quieras. Eres tú la que controla la situación.

–Muchas gracias –susurró ella–, pero antes tengo que contarte otra cosa.

Él le apartó el pelo de la cara con cuidado y ella estuvo a punto de cerrar los ojos, esperó un beso, pero Lysandros no la besó.

–Dime –murmuró en voz casi inaudible.

–Después del recital fui a uno de los salones en los que hacíamos los ensayos. Hans había quedado conmigo allí para repasar algunas piezas para el final de la temporada. Yo estaba tocando cuando él llegó, así que no lo oí. Había estado bebiendo y…

Se interrumpió y tragó saliva.

Lysandros estaba conteniendo la respiración.

–¿Qué ocurrió, Rio?

–Que él… Él pensó que me interesaba, que estaba tocando para él, e intentó…

Entonces vio ira en los ojos de Lysandros, aunque se mantuvo tranquilo.

–¿Solo lo intentó?

–Se aprovechó de que yo estaba sentada delante del piano y me agarró. Yo conseguí apartarlo y entonces debí salir corriendo de allí, pero estaba paralizada por el miedo. Él intentó besarme, intentó…

Se estremeció al recordar aquel momento.

–¿Te hizo daño? –inquirió Lysandros.

–No, gracias a Judith y a otros dos compañeros –respondió ella, cerrando los ojos–. Después de declarar ante la policía, me fui a casa con Judith. No me sentía con fuerzas de veros ni a Xena ni a ti.

–Lo comprendo, Rio –le dijo él, acariciándole el pelo–. Es normal que no quisieras verme después de aquello. ¿Lo sabe Xena?

–Sí, pero ahora tampoco se acuerda –le respondió ella.

–¿Te puedo abrazar?

–Sí –susurró Rio–. Por favor, abrázame.

Él la envolvió con sus brazos y la apretó cariñosamente.

–Gracias por habérmelo contado –le dijo, dándole un beso en el pelo.

–Estaba tan asustada que no quería verte. Siento haberte dejado así.

–Lo entiendo, Rio, y no pasa nada. No fue culpa tuya –le aseguró Lysandros, levantándole la barbilla con un dedo para que lo mirase–. Y no tenemos que hacer nada que no quieras hacer.

–Lo sé –susurró ella–, pero quiero pasar la noche contigo.

–¿Estás segura?

Ella sonrió y se estiró para darle un beso en los labios. No quería hablar más del pasado, no quería estropear el momento. Quería volver al instante en el que Lysandros había estado a punto de abrir la botella de champán, pero sin que hubiese un terrible secreto interponiéndose entre ambos.

–Sí –le aseguró–. ¿No había champán?

Él descorchó la botella mientras Rio volvía al piano, nerviosa, y alargaba las manos sobre él. quería que Lysandros le hiciese el amor, que fuese su primer amante. Y, a pesar de que se estaba enamorando, sabía que no era correspondida, pero le daba igual.

No quería pensar en lo que ocurriría al día siguiente, solo quería vivir el presente.

Sin pensar lo que estaba haciendo, se sentó delante del piano. Sabía que tocar formaba parte del proceso de sanación, lo mismo que entregarse al hombre que en esos momentos era su prometido. Quería que Lysandros la amase y pasar una noche de pasión con él, pero antes tenía que hacer aquello.

Era otra manera de superar aquella terrible noche.

Él dejó las copas de champán llenas sobre el instrumento y se quedó a su lado, mirándola y esperando a ver qué hacía. Rio mantuvo la mirada en las teclas, agradecida por su silencio.

Tomó aire y se sintió preparada.

Lysandros se acercó más, se puso justo detrás de ella, pero Rio no se puso nerviosa porque confiaba en él. Y lo amaba todavía más por su paciencia y comprensión. Era como si él también supiera que necesitaba aquello antes de hacer el amor.

Su dedo índice tocó una nota. Rio sabía que aquello era mucho más que tocar el piano.

Lysandros siguió a sus espaldas.

Ella volvió a tomar aire, cerró los ojos y entró en aquella zona mágica en la que entraba siempre que tocaba el piano. Por primera vez desde la noche del recital estaba dispuesta a dar rienda suelta a sus emociones.

Podía hacerlo. Volvería a tocar el piano y estaría con el hombre al que amaba.

Capítulo 8

LYSANDROS contuvo la respiración mientras esperaba a que Rio empezase a tocar. Había mucha tensión en el ambiente. Él la había visto dudar y había sabido que estaba preocupada por su reacción. Se sentía furioso, pero había permanecido tranquilo por el bien de Rio.

La vio sentada delante del piano y se le encogió el corazón. Necesitaba tocar, necesitaba sacar todo lo que había estado conteniendo dentro. Lo necesitaba antes de que pudiese ocurrir nada entre ellos.

No quería desconcentrarla, pero sí mostrarle su apoyo, así que se acercó a ella.

Empezó tocando con cautela e inseguridad, y entonces Lysandros reconoció la *Sonata de medianoche* de Beethoven, que invadió todo su ático. Y tuvo la sensación de que Rio estaba dando un concierto solo para él.

Apretó la mandíbula y cerró los puños para controlar el deseo que sentía por ella. Cada nota fue rompiendo las barreras que contenían sus emociones y la tensión aumentó. Lysandros solo podía pensar en hacerle el amor a Rio, quien, a través de la música, le estaba transmitiendo que quería lo mismo que él, que no importaba nada más, que aquella noche era suya.

Lysandros se apartó de la tentación y se acercó más a la ventana, pero necesitaba ver a Rio, así que volvió a mirarla a ella, sentada al piano, balanceando el cuerpo ligeramente al ritmo de la música.

Tenía algunos mechones de pelo sobre la cara y Lysandros quiso apartárselos y darle un beso en la suave piel de la nuca. Quiso aspirar su olor, probar su piel. ¿Cómo era posible que el momento pudiese ser tan erótico?

Rio terminó de tocar mientras su anillo de compromiso brillaba bajo la luz. Entonces, bajó lentamente las manos a su regazo.

El silencio invadió la habitación y Lysandros esperó a que Rio volviese del lugar en el que había estado, al que iban los músicos cuando tocaban con el corazón. Le costaba respirar, casi como si hubiese estado besándola durante los últimos cinco minutos.

—Solo hay una cosa más bella que oírte tocar y es verte tocar —le dijo con la voz ronca por el deseo, terminándose el champán de un sorbo.

Rio se giró hacia él.

—Es la primera vez que toco para un hombre —admitió, ruborizándose y clavando la vista en la ventana.

—En ese caso, me siento muy honrado —le dijo, tomando la otra copa de champán y ofreciéndosela—. ¿Es la primera vez que tocabas desde…?

–Sí –susurró ella, mirándolo–. Ni siquiera podía sentarme al piano. Y después Xena tuvo el accidente.

Se puso en pie y se acercó tanto a él que Lysandros tuvo la sensación de que sabía lo que hacía y el deseo que su cuerpo despertaba en él.

–Xena se pondrá bien –le aseguró–. Y yo quiero que tú también estés bien.

–¿Yo?

–Sí, tú, Rio –le dijo, levantándole la barbilla para que lo mirase a los ojos–. Quiero que seas feliz. Quiero hacer las cosas bien, pero no sabes cuánto deseo besarte ahora mismo.

Solo quería perderse en el placer que el cuerpo de Rio le prometía y hacer que ella sintiese lo mismo.

Rio no quiso que nada estropease aquel momento, solo quería abandonarse al deseo que llenaba la habitación y caldeaba el ambiente como cuando iba a haber una tormenta.

–Quiero que me beses –susurró con voz temblorosa.

Lysandros la devoró con la mirada y ella sintió dudas, pero intentó apartarlas de su mente. Lo deseaba, quería que la besase y mucho más.

La mirada de Lysandros se puso más oscura que el cielo de la noche, que se cernía sobre la ciudad antigua. Rio no pudo apartar los ojos de él, que siguió en silencio y, en vez de responder a sus palabras, se acercó más, tomó su rostro con las manos y le dio un beso suave. A Rio se le escapó un suspiro y oyó en su mente el segundo movimiento de la *Sonata de medianoche*. Lo que estaba haciendo estaba bien, así que permitió que el placer de aquel beso la envolviera.

Lysandros sabía a champán y Rio lo deseó tanto que lo único que pudo hacer fue profundizar el beso. Sintió que el mundo giraba a su alrededor y lo agarró por el cuello, se apretó contra su cuerpo.

Entonces él la soltó de repente y retrocedió. Rio no pudo ver su expresión, oculto en las sombras de la habitación, y se quedó inmóvil, respirando con dificultad, sintiendo un anhelo que solo él podía aliviar.

—No pares, Lysandros —le pidió con voz ronca.

—Rio —le dijo él, saliendo de las sombras y mirándola a los ojos—. Si vuelvo a besarte después no podré parar. No quiero romper mi promesa de que no ocurrirá nada que tú no quieras.

A ella se le aceleró el corazón. Lysandros la deseaba de verdad, tanto como ella a él.

—No romperás tu promesa, Lysandros.

Rio casi no podía creer que le estuviese diciendo aquello. Lysandros le estaba permitiendo ser la mujer que quería ser en realidad. Rio deseaba entregar su virginidad a Lysandros y hacerlo aquella noche.

—Quiero besarte, Rio, y mucho más, pero solo si tú estás segura.

Su ardiente mirada la derritió todavía más, su voz, suave y seductora le llegó al corazón. Le importaba. Le importaba lo suficiente para reconocer que aquel era un momento importante para ella, lo suficiente para controlarse y preguntarle si era realmente lo que ella quería.

–Estoy segura, Lysandros –susurró ella emocionada–. Quiero que me beses.

Dudó un instante y se mordió el labio, le costaba admitir lo que sentía en esos momentos.

–Y quiero más. Te quiero a ti.

–¿De verdad? Después de todo lo que me has contado…

–Nunca había estado tan segura de algo.

Rio se acercó a él para demostrarle lo preparada que estaba. La mirada de deseo de Lysandros hacía que se sintiese fuerte y atrevida. No como la mujer inexperta y nerviosa que era en realidad. Él había hecho que eso cambiase. Le había dado la confianza necesaria para sacar a la verdadera mujer que había en ella.

Lysandros le acarició la mejilla con el dorso de la mano y Rio tuvo que hacer un esfuerzo para no cerrar los ojos. Necesitaba verlo y leer las emociones que se reflejaban en sus ojos.

–Te prometo que iré despacio.

¿Tan evidente era su inexperiencia? ¿Se habría dado cuenta Lysandros de que era virgen?

–Llévame a tu cama –le pidió Rio en un susurro.

Él la beso apasionadámente, después se apartó y habló en griego, lo que la excitó todavía más a pesar de no entender lo que decía. Quiso pensar que eran palabras de amor, que lo que estaba ocurriendo entre ellos era real, que podían tener un final feliz.

—Necesito algo más que un beso —bromeó.

Él sonrió despacio, de manera muy sensual y ella tembló.

Lysandros la miró a los ojos y se deshizo el nudo de la pajarita, gesto que a Rio le resultó muy erótico. Después se quitó la chaqueta y la tiró al suelo sin dejar de mirarla.

Rio se acercó, alargó las manos y las apoyó en su pecho, le desabrochó la camisa blanca para poder ver su cuerpo. Ya sabía lo musculado que estaba porque lo había visto en bañador en el yate, ya sabía cómo era estar pegada a aquel pecho con el mar como única barrera entre ambos, pero en esos momentos quería sentir cada curva y grabarla en su mente para siempre.

—Si tú quieres, haré mucho más que besarte —le respondió él, volviéndose más dominante de repente.

Se acercó a ella, que retrocedió hasta dar contra el piano, apoyó las manos en las teclas, dejando escapar sonidos estridentes, como si no lo supiese tocar. Pensó que su inexperto cuerpo debía de estar igual de desafinado.

Lysandros se acercó un poco más y ella, avergonzada por aquel momento de debilidad, enterró los dedos en su pelo y lo miró. No hacían falta palabras entre ambos, sus miradas lo decían todo. Rio lo besó y se olvidó de su inocencia y de sus miedos.

Él la tomó en brazos y la besó apasionadamente, empujando su cuerpo contra el piano. De
repente, Rio recordó que Hans había hecho algo
parecido, pero se dijo que aquello era lo que quería, que era perfecto, y que iba a hacer que la otra
experiencia se le olvidase para siempre.

Lysandros profundizó el beso y le bajó un tirante
del vestido. A Rio se le endurecieron los pezones al
notar su pecho desnudo y él fue trazando una línea de
besos empezando por el cuello y bajando lentamente
hacia él. Rio se agarró al piano y arqueó la espalda
mientras Lysandros la acariciaba con la boca. El placer fue tan intenso que casi no pudo soportarlo.

—Lysandros —gimió, respirando con dificultad.

Él la miró con deseo.

—¿Quieres que pare?

Rio negó con la cabeza.

—¿Te gusta?

—Mucho —le respondió con una voz tan ronca
que no le pareció suya.

Todo su cuerpo ardía de deseo. Estaba empezando a perder el control, casi no podía pensar.

—Si voy demasiado deprisa, dímelo —le dijo él,
mirándola a los ojos, antes de acariciarle un muslo
y volver a besarle el pecho.

Rio no quería que parase. Respiró hondo al notar que le subía la falda y le acariciaba el muslo.
Fue una caricia deliciosa, pero necesitaba más.
Mucho más. Él siguió subiendo, metió los dedos
por debajo del encaje de la ropa interior y Rio
pensó que iba a explotar de placer. En su cabeza

sonaban mientras tanto las rápidas notas del tercer movimiento, que la estaban haciendo alcanzar todavía más placer.

–Lysandros –volvió a gemir, casi incapaz de hablar–. No pares.

Mientras su mano seguía atormentándola a través del encaje, sus labios se apartaron del pecho, en el que sintió frío. Lysandros la miró con deseo y llevó la mano suavemente a su sexo.

–Eres preciosa –murmuró, con su acento griego más marcado que nunca.

Ella no fue capaz de responder, no pudo decirle que él hacía que se sintiese preciosa mientras la acariciaba. Cerró los ojos mientras él seguía tocándola, pero todavía no era suficiente.

Le imploró con la mirada y gimió de placer al notar que Lysandros apartaba la tela. Las teclas del piano volvieron a sonar cuando ella se movió contra su mano, separando las piernas, sintiéndolo más dentro. Quería cerrar los ojos y entregarse a aquel placer y, al mismo tiempo, quería controlarse para que aquello no terminase nunca.

–Rio –murmuró él con voz ronca, y después añadió algo en griego.

El placer que sintió esta fue tan intenso que tuvo que cerrar los ojos. Se estremeció mientras la sacudía el orgasmo, gimió su nombre y se aferró al piano. Poco a poco fue volviendo a notar sus caricias y se dio cuenta de que Lysandros la tomaba en brazos, apretándola con fuerza contra su cuerpo, besándola en el pelo.

Había pensado solo en darle placer a ella y eso hizo que Rio lo amase todavía más. Se aferró a él, saboreando el momento, pero sintió que su cuerpo todavía deseaba más. Quería que él sintiese el mismo placer. Quería acariciar todo su cuerpo, hacerlo subir también a las estrellas, como había hecho Lysandros con ella.

–Llévame a tu cama –le susurró contra el cuello, dándole un beso allí.

Lysandros tomó a Rio de la mano y la apartó del piano para llevarla a su dormitorio. Nada más oír cómo esta gemía su nombre se habían evaporado todas sus dudas acerca de lo que estaban haciendo. Aquella velada solo podía terminar de una manera, con Rio en su cama.

Y no solo como otra mujer a la que le había hecho el amor, sino como su prometida. La idea hizo que le invadiese una emoción nueva. Era la primera vez que se sentía así, en conexión con una mujer, como si su corazón y su alma le perteneciesen para siempre. No obstante, apartó aquello de su mente, no era el momento de ponerse a analizar la situación.

La única luz del dormitorio era la que entraba por la ventana y él quería verla desnuda en su cama. Se giró hacia ella, que se había quedado de pie junto a la cama, la inocencia que siempre había irradiado era deseo en esos momentos.

Apoyó las manos en sus caderas y la atrajo hacia su cuerpo, sonriendo al ver que se había vuelto a colocar el vestido y se había tapado los pechos.

–Quiero que me hagas el amor, Lysandros. Quiero ser tuya.

Rio le dio un beso en los labios y después volvió a mirarlo. Sus bonitos ojos estaban llenos de deseo y emoción.

–Rio, no sabes cuánto te deseo –le respondió él, besándola también, incapaz de seguir conteniendo la pasión, pero asegurándose de que iba despacio.

Le bajó la cremallera del vestido con cuidado y también los dos tirantes. Después retrocedió y la observó mientras la tela caía al suelo y se quedaba alrededor de sus zapatos de tacón.

Entonces se agachó delante de ella y le bajó la ropa interior de encaje. Rio enterró los dedos en su pelo y levantó los pies mientras él la besaba en los muslos. Lysandros quería tumbarla en la cama y enterrarse en ella, pero prefería pensar antes en darle placer.

Por suerte, él seguía vestido. Así que continuó explorando el cuerpo de Rio con los labios y retomó lo que había empezado junto al piano. La oyó gemir de placer, notó que le tiraba del pelo mientras la acariciaba con la lengua entre las piernas. Volvió a llevarla al límite y después se incorporó y se quitó la ropa mientras ella lo devoraba con la mirada.

Se acordó en ese momento de la protección y abrió un cajón que tenía detrás. Estaba a punto de hacer que su compromiso fuese mucho más real de lo que ninguno de los dos había previsto, pero no tenía la intención de ir todavía más allá y crear una familia.

Rio se acercó más, apoyando los pechos en el suyo mientras él rasgaba el envoltorio. Lysandros se puso el preservativo y entonces la miró, la tomó entre sus brazos y la besó mientras la hacía retroceder hasta la cama. Cayeron sobre ella juntos, con su cuerpo cubriendo el de ella y sus piernas entrelazadas.

Lysandros había querido ir despacio, acariciarla y besarla hasta que ninguno de los dos pudiese esperar más, pero perdió el control y la penetró.

Rio dio un grito y se quedó inmóvil, le clavó las uñas en la espalda. Y él se preguntó qué había pasado, pero notó cómo Rio se movía y lo besaba en los hombros, y terminó de perder el control.

Ambos danzaron a un ritmo salvaje, muy alejado de la lenta seducción que él había planeado. La experiencia fue muy diferente a otras anteriores, mucho más intensa. ¿Sería porque acababa de quitarle a Rio la virginidad o porque, a pesar de todo, esta estaba consiguiendo llegar a él como nunca lo había hecho nadie?

Tampoco quería pensar en aquello en esos momentos. En su lugar, la abrazó con fuerza y se dejó llevar con los ojos cerrados.

Rio estaba entre los brazos de Lysandros cuando llegó el día. Se había despertado notando su peso sobre el de ella. Lo ocurrido la noche anterior había sido mágico. El placer de ser suya, de entregarse a él, había ahuyentado aquellas terribles pesadillas y sabía, sin ninguna duda, que estaba enamorada de Lysandros. No estaba segura de que él la amase también, pero ¿acaso importaba, teniendo una conexión tan fuerte con él? Tal vez su amor fuese suficiente para los dos.

Lysandros cambió de postura, todavía dormido, y Rio se incorporó para observarlo. Era el hombre al que amaba. No fue capaz de resistirse a la tentación y lo besó en los labios, despertándolo, y él se movió con rapidez, la tumbó de nuevo y la besó apasionadamente. Rio sintió el poder que tenía sobre él y le acarició el trasero y la espalda.

–Descarada –le dijo él, apartándose y saliendo de la cama.

Fue por el paquete de preservativos, sacó uno y dejó la caja al lado de la cama. Ella observó cómo se lo colocaba.

Lysandros volvió a hablar en griego mientras volvía a la cama y empezaba a besar su cuerpo. Rio se echó a reír. La noche anterior había hecho dos cosas que jamás habría creído posibles: había vuelto a tocar el piano y se había entregado al hombre al que amaba.

Porque no podía seguir negándolo, estaba enamorada de él.

Y pretendía disfrutarlo todo lo que pudiese. Hasta que tuviesen que volver a la realidad.

Capítulo 9

DESPUÉS de una maravillosa noche de placer, haciendo el amor con Lysandros, Rio durmió hasta más tarde de lo habitual. Cuando despertó, imaginó que Lysandros pondría alguna excusa para apartarse de ella, pero el día continuó siendo tan romántico y apasionado como la noche. En esos momentos, mientras el sol se ponía sobre Atenas, Rio salió a la terraza con una copa de vino en la mano y el hombre del que estaba locamente enamorada a su lado.

–Siento que no pudieses contarme lo que te había ocurrido –comentó Lysandros, sacándola de sus pensamientos.

La noche anterior, cuando se había entregado a él, Lysandros debía de haberse dado cuenta de que era virgen y de que lo ocurrido con Hans podía haber sido peor. Lo que Rio no sabía era si estaría enfadado porque no le había contado que era virgen, pero no se había sentido con fuerzas de hacerlo.

Él tomó su mano.

–¿Por qué no me lo contaste? –le preguntó en tono cariñoso, mirándola con ternura y haciendo que Rio desease que su relación estuviese avanzando.

—Me resultaba muy difícil admitir lo que Hans me había hecho —respondió ella, bajando la mirada un instante antes de volver a mirarlo a él.

Le habría resultado sencillo pensar que aquello era real, pero tenía que recordar que, mientras que la pasión y el deseo eran reales, el compromiso no lo era y solo estaba encaminado a que Xena se sintiese feliz y segura y consiguiese recuperar la memoria. Y cuando Xena recuperase la memoria, se terminaría.

—No me refiero a eso, Rio, que comprendo que fuese difícil, me refiero a que no me dijiste que era tu primera vez.

Ella creyó ver tristeza en sus ojos y se preguntó si estaría arrepentido de lo ocurrido, si se habría acostado con ella de haber sabido que era virgen.

Dio un sorbo a su copa, desesperada por distraerse mientras sus dedos seguían acariciándola. Pensó que aquel era el Lysandros de verdad, pero no sabía si conseguiría mantenerlo a su lado por mucho tiempo más.

—Tú sueles salir con mujeres con experiencia. No pensé que quisieras estar con una chica virgen de veinticinco años. Y ya te había contado lo otro.

Quería añadir lo que sentía por él, que se había enamorado, pero se contuvo. Aquella confesión la haría más vulnerable que nunca.

—Quería que fuese especial para ti, después de

lo que te había pasado, pero si hubiese sabido que eras virgen habría tenido mucho más cuidado.

Rio cerró los ojos, le dio un vuelco el corazón. Lysandros le estaba diciendo todo lo que ella quería oír, la estaba mirando como quería que la mirase, e incluso la estaba acariciando al mismo tiempo. No obstante, se dijo que en realidad no podía tener un futuro con él. Lysandros no quería una relación seria ni enamorarse. Aquello formaba parte de su plan de ayudar a Xena. Para él, lo ocurrido la noche anterior había sido solo otra aventura.

Abrió los ojos y lo miró fijamente, el deseo hizo que se le cortase la respiración.

—Fue especial. Y me trataste con cuidado —susurró.

—Para mí es un honor que, después de lo que te ocurrió, decidieses descubrir conmigo a la mujer apasionada que hay en ti.

Lysandros le quitó la copa de vino de la mano y la dejó en la mesita que tenía al lado, después, la ayudó a ponerse en pie. Rio tenía el corazón tan acelerado que casi no podía respirar, la tensión sexual que había en el ambiente era casi insoportable.

No pudo aguantar más y le dijo:

—Me hiciste sentir especial, deseada y amada. Me hiciste olvidar.

—No sé cómo es posible olvidar semejante traición por parte de un hombre en el que confiabas —comentó él en tono enfadado.

—Olvidar es difícil, pero es algo en lo que no quiero pensar. No voy a permitir que aquello, aquel hombre, defina quién soy y lo que siento –le respondió ella con determinación.

–Me aseguraré de que no vuelva a ocurrirte nunca nada malo.

Rio buscó en sus ojos el significado de sus palabras. ¿Significaba aquello que quería que su compromiso fuese tan real como lo que habían compartido la noche anterior?

De repente, se sintió esperanzada. No porque pensase que aquel hombre iba a amarla, sino porque ella cada vez lo amaba más y tenía la esperanza de que él también sintiese algo y de que aquel cariño pudiese mantenerlos unidos. Si así era, tal vez incluso podrían tener un futuro.

Rio le había abierto su alma, le había contado su más oscuro secreto. No quería más mentiras entre ambos. Lo miró decidida a cambiar el rumbo de la conversación, a saber más del hombre que era su prometido.

–Anoche, gracias a ti, superé lo que me había impedido tocar el piano desde aquella noche. Dejé atrás un doloroso recuerdo al besarte –le dijo, con la voz temblorosa por la emoción–. Quería que me hicieras el amor. Quería que fueras mi primer amante.

Lo miró con cautela. Necesitaba decir algo que hiciese que Lysandros se diese cuenta de que podían tener algo más que un acuerdo temporal.

–Fue liberador, Lysandros. Tal vez tú también deberías probarlo.

Él le acarició la mejilla como lo había hecho la noche anterior y Rio volvió a sentir deseo.

–¿Y qué es lo que debería superar yo? –le preguntó él en tono de broma, sonriendo.

–Estuviste a punto de casarte. Imagino que la amabas de verdad, para estar tan convencido de que no vas a entregar jamás tu amor a nadie más.

La mirada de Lysandros cambió y dejó de sonreír. Rio pensó que, lo admitiese o no, había metido el dedo en la llaga.

–Es cierto que estuve a punto de casarme con Kyra –le dijo él en tono amargo–, pero eso es algo en lo que no pienso y que no tiene ningún efecto en mí.

–Tengo la sensación de que Xena tiene otra opinión al respecto –respondió ella, arrepintiéndose al instante.

Xena pensaba que su hermano se negaba a amar y había tenido la esperanza de que Rio y él encontrasen el amor juntos. ¿Cómo iban a hacerlo cuando su compromiso no era más que una farsa?

Lysandros miró el precioso rostro de Rio, iluminado por la luz anaranjada del sol, y dejó de acariciarla. Había deseado hacerla suya hasta que habían empezado a hablar del pasado. En esos momentos los fantasmas del pasado se cernían sobre él como las sombras de la noche, poniéndolo a prueba, haciendo que se cuestionase lo que sentía por Rio. Él seguía siendo el hombre en el que se había convertido después del engaño de Kyra. Seguía siendo incapaz de abrir su corazón, no podía aceptar el amor de una mujer y, mucho menos, corresponderla.

Si todo hubiese sido diferente… Si se hubiese enamorado de Rio y le hubiese pedido que se casase con él de verdad. Tal vez en esos momentos tendrían un hogar y serían felices, e incluso podría haberle dado a su madre esos nietos que tanto anhelaba. De repente, se sintió culpable. Iba a volver a decepcionar a su madre.

La ternura con la que Rio lo estaba mirando hizo que su pasado lo sacudiese todavía con más fuerza y a pesar de que sabía que su compromiso con ella era solo temporal, podía ver más allá. Rio se había abierto a él, le había contado todo lo que le había ocurrido, así que era justo que él desnudase su alma también.

—Fui un ingenuo al pensar que había encontrado el amor, al pensar que Kyra y yo podríamos estar siempre juntos —admitió en tono airado, pero el cariño y la paciencia con la que Rio lo miraba hizo que no le doliese admitir que se había equivocado.

—Eso no significa que no puedas volver a enamorarte —comentó ella.

Lysandros vio esperanza en sus ojos. ¿Tendría Rio la esperanza de ser ella la mujer que cambiase aquello, que lo cambiase a él? Eso jamás ocurriría. No quería sentirse tan vulnerable. Había aprendido a ser cauto con sus emociones ya en la niñez y la traición de Kyra no había hecho más que confirmar que era más sencillo y seguro no sentir ni implicarse emocionalmente.

No podía dar esperanzas a Rio.

—Puedo soportar la idea de que Kyra no quisiese casarse conmigo, pero no que me mintiese ni que me fuese infiel.

Respiró hondo. Se maldijo. Estaba empezando a bajar la guardia.

—Mi padre también le fue infiel a mi madre. Destruyó su matrimonio, nuestra familia y mi fe en el amor.

—No tenía ni idea —susurró Rio, palideciendo.

—Por eso no quiero enamorarme. Por eso no puedo amar a nadie.

«Tú has estado a punto de cambiar eso, pero no puedo permitírtelo».

Rio apoyó una mano en su brazo, ladeó la cabeza y lo miró a los ojos. Aunque le hubiese ocultado cosas en el pasado, Lysandros sabía que no volvería a mentirle, que podía confiar en ella. Y quería hacerlo. Lo que sentía por ella era mucho más que pasión. La noche anterior habían tenido mucho más que sexo, por eso había sido tan distinto para él. No obstante, su pasado seguía allí, como una tela de araña bajo la luz de la luna, de la que solo lo podría liberar el potente brillo del sol.

—Kyra te trató fatal —susurró Rio.

Y él se sintió fatal al pensar todo lo que ella había sufrido.

—Y tu padre también —añadió ella.

—Supongo que Xena te habrá contado que hace años que no tengo una relación seria —comentó él en tono animado, para intentar quitarle importancia a la conversación.

–Sí, me lo ha contado –admitió ella sonriendo, separando los labios de aquella manera tan sensual–. Xena tenía la esperanza de que tú y yo pudiésemos tener una relación estable.

Lo dijo casi riendo y, muy a su pesar, Lysandros sonrió.

–Por eso se ha creído nuestro compromiso.

La mirada de Rio se volvió triste. Lysandros había conseguido su objetivo.

–Pero pronto recordará.

–Sí –le respondió él, acercándose a ella–, pero, por el momento, vamos a disfrutar de esta noche.

Le dio un beso en los labios y deseó tomarla en brazos y llevársela de nuevo a la cama.

–Nuestra última noche en Atenas –murmuró ella entre beso y beso.

Lysandros nunca había sido tan sincero desde el desastre de su primer compromiso, nunca había permitido a ninguna mujer acercarse tanto a él. Así que su instinto lo llevó a desviar a Rio de la verdad y a negarse a analizar aquellas palabras. En su lugar, dejó que el deseo lo sacase de las sombras del pasado, lo que hizo que pensase que necesitaba más noches con Rio, más pasión, más deseo.

–Pero no nuestra última noche juntos.

La esperanza que había empezado a crecer en el interior de Rio floreció con el sol de la mañana, al recordar las palabras de Lysandros. Tal vez no le hubiese dicho que la amaba, pero todavía la deseaba y quería estar con ella. Le gustaba lo que había entre ambos, al menos, por el momento.

–¿Quieres más noches como esta? –le preguntó con timidez, notando su cuerpo contra el de ella, su mirada de deseo.

Los dos sabían que tenían por delante muchas noches de pasión mientras siguiesen prometidos. Y tal vez algún día su relación pudiese ser algo más.

–Tenemos algo bueno, Rio. Es evidente que no nos dejamos confundir por el amor.

–¿No?

Rio fue consciente de que se había puesto seria de repente, incluso antes de ver cómo fruncía Lysandros el ceño.

–Nos sentimos atraídos el uno por el otro y tenemos mucha química. El amor no haría más que complicar eso –le aseguró él, completamente convencido.

–El amor siempre complica las cosas –comentó ella–. Todo será diferente cuando estemos de vuelta en la isla, con Xena.

–En ese caso, será mejor que aprovechemos al máximo nuestra última noche aquí en Atenas, solos.

–¿En qué estás pensando?

Rio también estaba dispuesta a disfrutar de aquella última noche.

–Seductora –le dijo él, besándola apasionadamente–. ¿Qué es lo que quieres, Rio?

Ella lo miró. Tenía el corazón acelerado.

—Otra noche contigo —susurró con voz ronca.

—En ese caso, no me dejas elección —le respondió él, levantándola del suelo y atravesando la terraza.

Ella fingió que se resistía, se retorció entre sus brazos y se echó a reír al mismo tiempo. Nunca se había sentido tan feliz. Iba a disfrutar de aquella noche, iba a engañarse a sí mismo pensando que él también la amaba por última vez.

Con aquello en mente, se tumbó en la cama y dejó que Lysandros la cubriese con su cuerpo y la besase. Respondió a su pasión y se perdió en aquella burbuja de felicidad en la que se encontraba. No le importaba lo que ocurriese al día siguiente, la semana siguiente o un mes después. Lo único que le importaba era que estaba en brazos del hombre al que amaba. Tal vez no pudiese confesarle su amor con palabras, pero lo haría con el cuerpo.

Capítulo 10

DE VUELTA a la isla, a Rio le había resultado más sencillo fingir que Lysandros y ella estaban enamorados. Xena todavía no había recuperado la memoria y estaba convencida de que su compromiso era real. Lysandros se había marchado a Atenas y Rio había tenido que responder a un bombardeo de preguntas de Xena, pero había sido evasiva en sus contestaciones para no contarle a su amiga lo que le había ocurrido después de la fiesta benéfica. No obstante, Xena se había mostrado satisfecha y ella se había preguntado si tan evidente era lo que sentía por Lysandros.

Este volvería dos días más tarde a casa de su hermana, para la fiesta de compromiso que Xena había estado organizando. Rio estaba nerviosa. ¿Cómo iba a actuar con él delante de su familia? ¿Seguiría deseándola Lysandros cuando volviese a verla?

–Lo echas de menos, ¿verdad?

La voz de Xena interrumpió sus pensamientos. Rio intentó apartar todo aquello de su cabeza.

–Acabamos de comprometernos –dijo ella, intentando responder a la pregunta sin admitir la verdad–. Por supuesto que lo echo de menos.

Echaba de menos lo que habían compartido durante un par de noches en Atenas. No solo la intimidad y la pasión en la cama, sino la ternura con la que Lysandros la había tratado. La noche en que ella había tocado el piano había sido como si Lysandros supiese, incluso antes de contarle la verdad, lo difícil que estaba siendo aquel momento para ella.

–Estás enamorada de él, ¿verdad? Pero enamorada de verdad –comentó Xena riendo.

–Es lo normal cuando uno se promete, ¿no? –respondió Rio intentando ocultar su nerviosismo y sus verdaderos sentimientos.

–Supe desde el principio que estabais hechos el uno para el otro –añadió su amiga sonriendo con satisfacción, con los ojos brillantes, iguales que los de su hermano cuando bajaba la guardia–. ¿Cuándo habéis hecho las paces, por cierto?

–¿Las paces? –repitió Rio, fingiendo no entender a qué se refería Xena.

–No recuerdo el motivo –continuó Xena–, pero recuerdo que habías roto con él.

–¿Has recordado algo? –le preguntó Rio, contenta.

–No estoy segura –admitió Xena–, pero tengo la sensación de que estoy empezando a recuperar la memoria. No obstante, ahora eso no importa. Cuéntame, ¿cuándo volvisteis a estar juntos?

–En el hospital, después de tu accidente –le respondió Rio–. Fue cuando volvimos a vernos.

En cierto modo era verdad. Lysandros y ella habían compartido algo especial antes de que Hans lo estropease. Rio no añadió nada más para no delatarse. Si Xena estaba recuperando la memoria poco a poco, no quería disgustarla y estropearlo y, de todos modos, pronto sabría toda la verdad.

–Hay algo más –le dijo su amiga con el ceño fruncido–, pero no me acuerdo.

–¿A qué te refieres? ¿Al accidente? ¿Recuerdas algo nuevo?

La expresión de Xena cambió y a Rio le preocupó que su amiga lo hubiese recordado todo de repente. Lo ocurrido con Hans, la discusión con Ricardo, el accidente.

No sabía si debía contarle a su amiga que Lysandros estaba al corriente de su relación con Ricardo. No, no iba a hacerlo por el momento.

Xena suspiró.

–Todo lo ocurrido, el accidente, mi pérdida de memoria, merecerá la pena cuando Lysandros y tú pongáis por fin una fecha para la boda.

–Xena Drakakis, cualquiera diría que lo tenías todo planeado –comentó Rio riendo.

–La verdad es que sí, siempre he querido que estuvieseis juntos –respondió Xena en tono más serio, bajando la vista–, pero ahora estoy empezando a recordar.

–¿Xena?

–He recordado por qué rompiste tu relación con él, Rio.

–¿De verdad?

–Sí, fue por lo que te hizo Hans, ¿no? Por eso rompiste con Lysandros.

Rio tragó saliva, incapaz de responder. Aquello ya formaba parte del pasado. Xena estaba recuperando la memoria. La niebla en la que había vivido su amiga desde el accidente estaba empezando a levantarse.

–Sí –admitió por fin.

Xena sacudió la cabeza, su gesto era de decepción.

–No se lo conté a mi hermano, pero recuerdo haberle dicho que te diese algo de espacio. Le advertí que no te llamase. ¿Qué ocurrió después? ¿De verdad estáis prometidos? ¿O solo volvisteis a estar juntos y os prometisteis para ayudarme a recordar?

Rio se quedó boquiabierta. Xena había adivinado su plan y ella no sabía qué hacer, si contarle toda la verdad o no. Al fin y al cabo, su amiga siempre había querido ver a su hermano felizmente casado y, después de todo lo que Lysandros le había contado, Rio la comprendía mejor que nunca.

Pero lo único que podía hacer era contarle la verdad.

–Lo siento, Xena, pensamos que, si estabas feliz, te sería más fácil recuperarte.

–Y así ha sido –respondió su amiga–, pero… algo debes de sentir por él.

–Ya me estaba enamorando de él cuando lo dejé –tuvo que admitir Rio.

–¿Y ahora? –le preguntó su amiga–. ¿Lo amas ahora?

–Sí.

Lo que no iba a decirle a Xena era que su hermano le había dicho que jamás volvería a amar a nadie.

–Es duro, ¿verdad? –continuó Xena, volviendo a clavar la vista en el suelo, incapaz de mirar a Rio a los ojos–. Yo también amo a Ricardo. Y no tenía que haberme marchado así la noche del accidente. Él me pidió tiempo, se estaba separando de su mujer porque su matrimonio había fracasado.

A Rio le sorprendió que Xena pudiese recordar tanto.

–¿Y qué quieres hacer al respecto? –le preguntó, aliviada con el cambio de rumbo de la conversación.

Se sentó al lado de Xena, que estaba haciendo un esfuerzo por contener las lágrimas. Tal vez necesitase llorar.

Su amiga la miró a los ojos.

–Hablé con él ayer.

–¿Y eso te ayudó?

–Ha pedido el divorcio y quiere verme, Rio –le contó Xena en tono esperanzado.

–Si eso es lo que quieres, yo haré todo lo que esté en mi mano para ayudarte.

Rio sabía lo mucho que dolía amar a alguien y reconoció aquel dolor en la mirada de Xena.

–Gracias –susurró esta–, pero antes tenemos un compromiso que celebrar.

–Pero si acabas de decirme que sabes que nada de esto es real –comentó Rio aturdida.

–Mi hermano está perdidamente enamorado de ti, Rio. Solo hay que ver cómo te mira. Así que no voy a permitir que volváis a separar vuestros caminos –sentenció su amiga.

–No podemos seguir adelante, Xena.

–Por supuesto que sí. Ya está todo organizado. Estáis prometidos, Rio, y vais a casaros –insistió Xena entusiasmada.

–Eso no es posible –la contradijo Rio con desesperación.

–Acabas de decirme que lo amas –le recordó Xena, tomando su mano–. ¿No?

–Sí, amo a Lysandros.

–En ese caso, no hay nada más de qué hablar. Dentro de dos días celebraremos oficialmente vuestro compromiso y yo me aseguraré de que mi hermano ponga una fecha para la boda. Nada me hará más feliz que te conviertas en mi cuñada.

Impaciente por volver a ver a Rio, Lysandros había salido de su despacho más temprano de lo habitual.

Al llegar a casa había oído a su hermana hablando con ella y se había dirigido a la terraza justo para oír parte de la conversación.

–Acabas de decirme que lo amas –le estaba diciendo Xena a Rio.

¿Rio lo amaba?

Se quedó inmóvil, intentando asimilar lo que acababa de escuchar y la respuesta de Rio.

—Sí, amo a Lysandros.

Él, que se había creído inmune a aquellas emociones, repitió una vez aquellas palabras en su cabeza. Rio lo amaba. Él había intentado convencerla de que lo que sentía por él era solo deseo, pero en esos momentos necesitaba convencerse a sí mismo. No quería que fuese algo más fuerte, mucho más destructivo.

No quería enamorarse de su prometida. Rio estaba haciendo su papel a la perfección, afirmando delante de Xena que lo amaba para que esta no pusiese en duda su falso compromiso.

Por supuesto, eso era lo que estaba ocurriendo. En realidad, Rio no lo amaba, solo lo había dicho por el bien de Xena.

Se sintió aliviado. Él no podía volver a ser tan vulnerable. No quería amar a nadie. No quería bajar la guardia y que le hiciesen daño, no quería volver a sentirse traicionado ni rechazado.

Se preguntó si debía darse la media vuelta y marcharse. Oyó reír a Xena y casi pudo imaginársela abrazando a Rio.

—Serás mi hermana.

No se marchó. En su lugar, entró en la habitación en el momento en el que Xena y Rio se separaban. Rio estaba lívida.

—Y será mi esposa —dijo él, deteniéndose junto al piano que ocupaba el centro del salón.

Xena le sonrió a pesar de la brusquedad de su

voz. Si su hermana no recuperaba la memoria, tendrían que alargar el compromiso, aunque tener a Rio cerca era toda una prueba para él.

Para intentar aliviar la tensión del momento, despeinó a su hermana, sabiendo que esta odiaba que hiciese aquello. Xena protestó y él se echó a reír. Entonces miró a Rio a los ojos y la chispa se volvió a encender. La atracción era tan fuerte que tuvo que acercarse a ella. Volvió a sentir una emoción que no quería sentir.

—El sol de Grecia te está poniendo cada día más bella —comentó él, tomando su mano y llevándosela a los labios.

No pudo evitar recordar sus dedos acariciando las teclas del piano cuando por fin había vuelto a tocar. Y, después, en la cama, acariciando su cuerpo. Todavía podía sentirlos en su pecho, bajando hacia el estómago y más allá.

Apartó aquello de su mente, consciente de que su hermana lo estaba observando.

Xena suspiró.

—Esto es perfecto.

¿Perfecto? Lo amaba una mujer a la que él no quería amar, una mujer que él no quería que ocupase su corazón. Necesitaba estar a solas con Rio, necesitaba saber qué sentía de verdad. Debía de haberle dicho aquello a Xena para hacerla feliz, pero, entonces, ¿por qué se sentía él tan desconcertado?

«Porque te estás enamorando de ella. A pesar de todo lo que le has dicho, te estás enamorando de ella».

Apretó los dientes. Intentó convencerse de que lo que le había oído decir a Rio no era real, sino parte de la farsa.

—Vosotros dos deberíais pasar un rato a solas. Id a dar un romántico paseo por la playa —les dijo Xena en tono travieso.

Aquella estaba volviendo a ser la Xena de siempre.

—¿Vamos? —le preguntó él a Rio, que lo miró con preocupación.

—Encantada —respondió ella en un susurro casi inaudible, palideciendo de nuevo.

Fueron juntos hasta la arena y pasaron varios minutos en silencio.

—¿No te preguntas nunca si Xena habrá adivinado que nuestro compromiso no es real?

—Sí que es real, llevas mi anillo en el dedo —respondió él sin pensarlo, haciendo que Rio lo mirase con sorpresa.

—Pero…

—Te he oído hablar con Xena hace un momento —admitió.

Rio no lo miró, ni siquiera dejó de andar.

Él la maldijo, le quería hacer hablar.

—Le has dicho que me amabas, pero eso forma parte de la farsa, ¿no? Supongo que querías convencerla de que nuestro compromiso es real.

Rio se detuvo con la vista clavada en la arena y él deseó no haber sido tan brusco, pero ella lo miró entonces de manera desafiante. Y Lysandros se dio cuenta en ese momento de que quería que Rio lo amase.

—¿Todavía piensa que es real? —volvió a preguntar, acercándose más a ella, deseando demostrarle lo real que estaba empezando a ser su compromiso, que el fin de semana anterior Rio había perdido la virginidad con él.

Él también quería amarla, pero no era capaz de dejar atrás el pasado.

—Sí —susurró Rio—, piensa que es real, pero no puede serlo porque tú no quieres, tú no dejas que llegue a ti.

Lysandros la tomó entre sus brazos y sintió que llegaba a un puerto que ni siquiera había sabido que existía. Había encontrado a la mujer capaz de hacerle olvidar el pasado.

—Lo que siento cuando te abrazo es muy real —le respondió él, con la voz ronca por la emoción.

Rio intentó apartar la mirada, pero él le levantó la barbilla con cuidado.

—Y esto también es real.

Fue un beso tan apasionado que lo consumió por completo. Ella respondió abrazándolo inmediatamente por el cuello y apretando su delicioso cuerpo contra el de él. Entonces Lysandros tomó su mano y echó a andar de nuevo por la playa.

Rio se apartó de él.

—Es real, sí, pero es deseo. Nada más.

Dudó antes de continuar.

—Si… cuando Xena lo sepa, deberemos parar.

No podremos seguir fingiendo que estamos prometidos.

–Lo haremos cuando recuerde –le respondió él, dejándola marchar.

Y pensando que, hasta que su hermana recuperase la memoria, podían seguir disfrutando.

–¿Y si ya se acuerda? –le preguntó Rio con gesto de preocupación.

–En ese caso, podemos terminar con la farsa, pero tendrá que decírnoslo ella, no podemos ser nosotros quienes le preguntemos –le dijo Lysandros, dándose cuenta de que en realidad tenía la esperanza de que su hermana no recordase nada–. No quiero arriesgarme a disgustarla.

Cuando por fin volvieron a la casa, Rio ya no tenía la esperanza de que Lysandros pudiese amarla algún día. Había sentido deseo en su beso, lo había visto en sus ojos, pero eso no era suficiente. Así que tenía que ser fuerte. En cuanto Lysandros se enterase de que Xena había recuperado la memoria, lo suyo se terminaría.

Oyeron voces en el interior de la casa, la de Xena y la de un hombre. Era la voz de Ricardo. Rio se puso tensa. ¿Qué hacía allí? Ya no había escapatoria. Aquello era el final de la farsa, el momento en el que se le iba a romper el corazón.

–¿Xena tiene visita? –preguntó Lysandros extrañado.

Rio sintió que se ruborizaba al mirarlo.

–Es Ricardo.

Antes de que a Rio le diese tiempo a reaccionar, Lysandros entró con paso firme en la casa. Ella lo siguió corriendo, recordando la reciente conversación con su amiga, que le había dicho que seguía amando a Ricardo. Tal vez había sido ella quien lo había invitado a ir a pesar de saber que tendría que darle explicaciones a su familia.

Lysandros entró furioso en la habitación y Xena y Ricardo se separaron como dos adolescentes sorprendidos. Rio no entendió lo que decía en griego ni lo que respondía su amiga, pero nunca los había visto tan acalorados.

Ella decidió apoyar a Xena, aunque eso significase perder a Lysandros.

–Parad.

Su voz retumbó en la habitación. Ricardo abrazó a Xena, que estaba haciendo un esfuerzo por contener las lágrimas.

Lysandros se giró hacia Rio y le preguntó:

–¿Se puede saber qué está pasando aquí?

Antes de que le diese tiempo a responder, fue Xena la que habló de nuevo, contándole que lo recordaba prácticamente todo y que se había reconciliado con Ricardo y le había invitado a ir a la isla. También admitió que le había dicho a Rio que sabía que su compromiso no era real, pero que debía serlo.

Lysandros miró a Rio y esta supo, por la frialdad de su mirada, que era demasiado tarde. Tenía que habérselo contado ella, pero no había podido.

–Como comprenderás, ya no necesitamos fingir que somos amantes, ni que estamos prometidos.

Lysandros fulminó con la mirada a Ricardo, que no se movió de donde estaba. Y así pasaron varios minutos, hasta que fue Lysandros quien se movió.

Se acercó a su hermana y, separándola de Ricardo, la abrazó con fuerza y le susurró algo en griego.

Después se apartó y se dirigió a Ricardo:

–Cuídala –le pidió–. Yo me marcho.

Y, dicho aquello, se marchó sin tan siquiera mirar a Rio.

Esta deseó dejarse caer al suelo y llorar. Acababa de perder al hombre al que amaba.

Capítulo 11

LYSANDROS NO podía respirar, no podía pensar. Rio había sabido que Xena había recuperado la memoria. Le había preguntado qué ocurriría si eso sucedía, pero no se lo había contado. Le había guardado un secreto y eso lo cambiaba todo entre ellos. Le había engañado.

Podrían haber tenido una relación especial, pero había vuelto a caer en la misma trampa otra vez. Sintió tanto dolor que tuvo que marcharse.

No podía ni mirar a Rio. Se había abierto a ella porque la había deseado, porque había querido estar con ella, pero todo había cambiado.

Caminó por la playa hasta el lugar en el que la había besado pocos días antes. Y entonces se dio cuenta de que había empezado a abrirse al amor, al amor de Rio. Quería que esta lo amase y quería amarla, quería compartir con ella aquella emoción que se había negado durante tanto tiempo.

Respiró hondo y mantuvo el equilibrio a pesar de que las olas intentaban moverlo. Sintió que la fuerza del mar quería hacerle admitir lo que durante tanto tiempo había querido evitar. Había estado a punto de confesarle a Rio lo que sentía, que quería que su compromiso fuese real, porque se estaba enamorando de ella.

Una ola le mojó las piernas, pero no se movió. Todo había empezado la primera vez que la había besado, pero la batalla de verdad la había perdido en Atenas.

Y la dura realidad era que se había enamorado de una mujer que, a pesar de lo que había dicho de él, le había roto el corazón. Lysandros se pasó los dedos por el pelo, nervioso. La declaración de amor que Rio había hecho ante Xena no era verdad. Tenía que acabar con su compromiso en aquel mismo instante.

Se preguntó si debía volver a la casa y decirle a Rio lo que sentía, o si debía apoyar a Xena. ¿Qué era más importante?

Si él hubiese sido otra persona, alguien capaz de conectar emocionalmente con los demás, nada de aquello habría ocurrido.

Siguió andando por la playa. Todavía no podía volver a la casa. Era evidente que Xena y Ricardo se amaban. Daba igual lo que él pensase de aquel hombre, Ricardo cuidaría de su hermana. No obstante, era la imagen de Rio la que invadía su mente. Ni siquiera había sido capaz de mirarlo cuando había salido a relucir la verdad, no había dicho nada, no había intentado detenerlo.

Anduvo con paso rápido por la orilla. Tampoco quería ver a Rio todavía. Se sentía demasiado vulnerable. Necesitaba tranquilizarse. Entonces ha-

blaría con ella y pondría fin a su falso compromiso, a su acuerdo.

Rio sintió claustrofobia. Necesitaba aire, salir
de la casa. Xena y Ricardo estaban hablando, de-
clarándose su amor y disculpándose. No la necesi-
taban, así que salió en silencio a la terraza.

Desde allí vio a Lysandros en la playa, andando
de un lado a otro con paso firme. No la quería ni la
necesitaba. Xena había recuperado la memoria y
su trato ya no tenía sentido. Daba igual lo que ella
sintiese por él.

Ya no podía quedarse en la isla. Tenía que marcharse, pero ¿cómo? El único barco que podía sa-
carla de allí pertenecía al hombre que acababa de
marcharse sin tan siquiera mirarla.

Solo podía hacer una cosa. Volvió a entrar en la
casa y, evitando a Xena y a Ricardo, se dirigió a su
habitación para hacer la maleta. Metió todo en ella
desordenado, después se quitó el anillo del dedo y
lo dejó encima del tocador, donde Xena pudiese
encontrarlo.

Por suerte, Xena y Ricardo se había marchado
cuando ella pasó por el salón para salir de la casa.
Volvió a mirar hacia la playa y vio que Lysandros
se había alejado más. Fue en dirección contraria a
donde estaba él, hacia donde estaba amarrada su
lancha.

Las olas zarandeaban la embarcación, Rio lanzó
su maleta y después clavó la mirada en las aguas

cristalinas y vio una estrella de mar. ¿Cómo era posible que tuviese delante algo tan bello mientras todo su mundo se desmoronaba?

—Lo has echado todo a perder —se dijo a sí misma, echando su maleta a la lancha con cuidado para no rozar la embarcación.

En Atenas habían sido amantes. Ella había perdido la virginidad y le había entregado su corazón a Lysandros. En esos momentos, una semana después, no podían estar más lejos el uno del otro. Rio ya había sabido que lo que habían empezado en Atenas no podía durar, pero no obstante había tenido la esperanza de convertirse en la mujer capaz de llegar a su corazón y conseguir que Lysandros volviese a amar.

Cerró los ojos para contener las lágrimas, puso los brazos en jarras y levantó el rostro hacia el sol para que su calor le aliviase el dolor y la desesperación, pero no lo consiguió.

Sintiéndose vencida y humillada, se arrodilló e intentó desatar una de las amarras que había en la parte delantera de la lancha. No tenía ni idea de lo que estaba haciendo, ni de lo que haría cuando hubiese desatado la lancha. Lo único que sabía era que necesitaba escapar.

Pero ni siquiera fue capaz de desatar la cuerda y se sintió desesperada, entonces oyó pasos y vio al hombre que le había roto el corazón.

—Si tantas ganas tenías de marcharte, solo tenías que decírmelo —le dijo este en tono frío.

Rio se puso en pie y lo miró a los ojos.

—Está bien. ¿Me puedes llevar a Atenas?

–¿De verdad quieres marcharte? ¿Después de todo lo que ha ocurrido entre nosotros? ¿Después de todo lo que nos hemos dicho?

Por un instante, le pareció que Lysandros estaba fuera de sí.

–Sí, por eso quiero marcharme. Quiero volver a la vida que jamás debí dejar. Nuestro trato ha terminado, como tú querías –replicó ella con frustración.

Lysandros le estaba demostrando en esos momentos que no le convencía, que era un hombre autoritario, incapaz de comprometerse emocionalmente o de amar.

–Deja al menos que te ayude. Lo primero que hay que hacer es soltar las amarras –añadió él.

Rio lo miró y se dijo que era evidente que la quería fuera de su vida, por eso iba a llevarla a Atenas. El corazón se le volvió a romper en mil pedazos imposibles de volver a unir.

Unos segundos más tarde Lysandros había soltado el barco y estaba subido a él, arrancando el motor. Rio seguía en el embarcadero, pero intentó olvidarse de su dolor y subió a la lancha como si su vida dependiese de ello y se sentó en la popa, lo más lejos posible de él.

Unos segundos después el motor cobró vida y empezaron a alejarse de la isla cada vez más deprisa, convirtiéndose en un punto insignificante del vasto mar.

El viento le deshizo la cola de caballo y Rio se sujetó el pelo mientras miraba hacia la isla, que ya no era más que una mancha oscura en el horizonte. A pesar de sentirse mal por lo que le había ocurrido, pensó en Xena. ¿Estaría bien con Ricardo? ¿Y si este volvía con su esposa? El barco siguió alejándola de su amiga.

Rio tragó saliva e intentó contener las lágrimas. No quería que Lysandros la viese débil. La velocidad del barco disminuyó y ella abrió los ojos. La embarcación se detuvo en medio del mar.

–¿Por qué hemos parado? –preguntó, girándose a mirar a Lysandros, que se estaba acercando a ella.

Si era para decirle lo mucho que la despreciaba y que no quería volver a verla jamás, Rio no iba a darle aquella satisfacción.

–Tenemos que hablar –le dijo Lysandros, moviéndose con naturalidad por el barco.

Rio, por su parte, no parecía tan cómoda con la situación.

Pero Lysandros necesitaba hablar con ella a solas. Tenía que saber lo que había ocurrido en realidad, desde el momento en que la había besado en Londres después del recital hasta entonces. No podía dejarla marchar. No así. Cuando la había visto dirigiéndose a la lancha con la maleta se había dado cuenta de que ese sería el lugar perfecto para mantener aquella conversación.

–No hay nada más que decir –le respondió ella, intentando ponerse en pie, pero volviendo a sentarse al perder el equilibrio.

Estaba despeinada y muy pálida. Su aspecto era más vulnerable e inocente que nunca. Mucho más que la noche que había tocado el piano en su casa, que le había entregado su virginidad. Una noche que lo había cambiado todo, que lo había cambiado a él.

Fue hasta ella y se sentó a su lado. No era el momento de mostrarse dominante. No estaba en una sala de reuniones ni tenía que ganar una negociación. Estaba con Rio, la mujer que había conseguido llegar a su frío corazón, que había vuelto a llevar el amor a su vida. Y aquella era su última oportunidad para convencerla de ello.

—No te puedes marchar así, después de todo lo que ha ocurrido entre nosotros —le dijo, pensando en Atenas.

No podía dejarla marchar todavía. Necesitaba tiempo.

El hecho de que Rio le hubiese ocultado que su hermana había recuperado la memoria lo había desestabilizado.

—Tengo que marcharme, Lysandros, precisamente por todo lo que ha ocurrido entre nosotros.

—¿La noche de Atenas no significa nada para ti? —le preguntó él.

—Sí. Significa demasiado, por eso me quiero marchar.

Lysandros sintió que su incapacidad para conectar emocionalmente con los demás iba a alejarlo no solo de Xena, sino también de Rio, de la mujer más importante de su vida. La idea lo asustó.

Había fallado a las personas a las que quería, a las personas más importantes para él. Al parecer, aquello era lo que mejor se le daba.

Cerró los ojos un instante y después preguntó:

—¿Por qué te tienes que marchar, Rio?

—Nunca debimos estar juntos, Lysandros, jamás debimos prometernos.

Él juró en griego.

—No debí obligarte a hacerlo, tienes razón —admitió, enfadado consigo mismo.

—Lo hiciste por Xena —le contestó ella, obligándolo a mirarla—. Porque la quieres.

Rio lo tocó y el calor de su mano despertó la atracción.

—Y ahora ella también me va a odiar por lo que te he hecho a ti. Si hubiese sabido lo que había ocurrido con Hans, jamás te habría presionado para que aceptases mi propuesta, Rio.

Esta se levantó de un salto.

—Xena jamás te va a odiar. Tal vez se enfade contigo, pero jamás te odiaría —le aseguró con voz tan clara como las cristalinas aguas que tenían debajo.

Lysandros lo entendió todo. Rio había querido proteger a Xena demostrándole su lealtad como amiga. Había antepuesto a su hermana a todo lo demás, incluida su felicidad.

—¿Y tú, me odias, Rio? —le preguntó, poniéndose en pie y acercándose a ella, casi en un susurro porque la emoción casi no le permitía hablar.

Capítulo 12

SI TE odio? –repitió Rio con el corazón acelerado, esperanzada de nuevo.

Tenía que serle sincera.

–Lo que le dije a Xena es la verdad. Te amo.

–¿No fue solo parte de nuestro compromiso falso, para que Xena pensase que era real? –le preguntó él en tono grave.

Ella se preguntó si Lysandros no había entendido lo que le había dicho. Intentó ser valiente, pero aquello le dolía demasiado como para volver a decírselo otra vez.

–He dicho muchas cosas durante nuestro falso comprimo y, ahora que Xena ya ha recuperado la memoria, lo único que quiero es olvidarme de él.

Lysandros bajó la vista a su mano, al dedo en el que le había puesto el anillo de compromiso unos días antes.

–Entonces, ¿quieres que lo nuestro termine? –le preguntó él, dolido–. ¿No quieres que sigamos prometidos?

–No, no quiero. No podemos estar juntos, Lysandros. Queremos cosas diferentes, necesitamos cosas diferentes. Somos demasiado diferentes.

Él se sentó de nuevo, dándole algo de espacio, espacio para pensar, para respirar, porque Rio estaba teniendo dificultades para hacerlo teniéndolo tan cerca.

–¿Diferentes?

Lysandros tocó su cara suavemente y Rio no pudo evitar cerrar los ojos. Se dijo que tenía que controlar sus emociones. Acababa de admitir que lo amaba, pero, al parecer, él no la había entendido.

–Desde el principio pensé que nuestra atracción era meramente física, que en cuanto pasásemos una noche juntos tú querrías irte con otra –le explicó ella.

Ya no tenía nada que perder y quería decírselo todo. De todos modos, ya lo había perdido, ya no albergaba esperanzas de que Lysandros la amase.

–Por eso tenía que estar segura –continuó–. Antes de pasar la noche contigo. Y cuando ocurrió lo de Hans, no pude contártelo.

–Yo nunca había conectado emocionalmente con una mujer hasta que te conocí. Entonces supe que quería más, que te quería a ti.

Ella pensó en la tarde del recital. Lysandros había estado diferente, más intenso, pero ella, también. Había estado a punto de decirle que quería pasar toda la noche con él.

–¿A mí? –le preguntó.

¿Quería decir Lysandros que se había planteado tener con ella algo más que una aventura?

–Sí, tú, Rio. Al principio solo fue Xena la que se dio cuenta de que podía haber algo especial entre nosotros. Yo seguía demasiado encerrado en mí mismo. No obstante, aquella tarde del recital lo entendí.

—De todos modos, no habría funcionado, Lysandros. Yo no podía ser la mujer que tú querías, el tipo de mujer con las que sueles salir –murmuró ella.

—Por ese mismo motivo vi que podíamos tener futuro, porque no eras mi tipo –le explicó él sonriendo de manera muy sensual.

Rio no entendía lo que quería decirle. No sabía cómo iba a terminar aquella conversación. Solo sabía que ella le había confesado su amor y él no había reaccionado.

Así que no le respondió. No pudo. En su lugar, dejó que el vaivén del barco la tranquilizase.

—En el barco me dejaste claro que solo querías que viniese a Grecia para ayudar a Xena a recuperarse –murmuró.

—Lo sé –admitió él, mirándola a los ojos–. Lo siento.

—¿Y ahora, qué?

Rio levantó la barbilla y lo miró fijamente, dándole la oportunidad de que fuese sincero con ella. de que le dijese si la quería o no en su vida… porque la amaba. Ella no necesitaba casarse, lo único que quería era su amor.

—Quiero terminar con este compromiso –le dijo Lysandros con firmeza, viendo como los ojos de Rio se llenaban de lágrimas.

Tenía que decírselo, pero le estaba resultando muy difícil.

—En ese caso, los dos queremos lo mismo —murmuró ella con voz temblorosa.

—Yo te quiero a ti, Rio. Y tú también te sientes atraída por mí.

—Eso es cierto —admitió ella con resignación—, pero yo quiero algo más, Lysandros. Mucho más.

—Bueno, eso es un comienzo.

—No, esto no es un comienzo. Quiero marcharme a casa. Ahora, por favor, Lysandros —le pidió.

—Pues yo quiero que te quedes.

Lysandros no entendía por qué no conseguía decirle a Rio lo que sentía realmente por ella.

—No puedo… —insistió ella con lágrimas en los ojos.

Él tomó aire y decidió abrir su corazón por primera y última vez en su vida.

—Te amo, Rio.

Rio miró a Lysandros. Estaban en medio del mar y lo único que se oía eran las olas chocando contra la lancha. Intentó procesar aquellas palabras que tanto había deseado escuchar, intentó repetirlas en su mente y se dijo que, si no eran reales, no lo soportaría.

Él se acercó a ella, la tomó entre sus brazos e hizo que lo mirase a los ojos.

—¿Me has oído? Te amo, Rio.

Ella sintió que el corazón le estallaba. Por fin lo había dicho.

Lysandros habló en griego, sacándola de su aturdimiento.

—Pero yo pensaba... —balbució Rio, confundida, sorprendida.

—Ya sé que te había dicho que no volvería a amar en toda mi vida —le dijo él, mirándola a los ojos con amor y miedo al rechazo—, pero tú has hecho que eso cambie. Tú. Y quiero poner fin a este falso compromiso y casarme contigo.

—¿Quieres casarte conmigo? ¿De verdad?

—Sí —le respondió él echándose a reír y abrazándola con fuerza, como si tuviese miedo a dejarla escapar.

Pero Rio tenía claro que no iba a marcharse a ninguna parte. El hombre al que amaba acababa de decirle que él también la amaba a ella.

—Quiero casarme contigo —le repitió él—. Quiero que la mujer a la que amo con todo mi corazón sea mi esposa. Lo antes posible.

Ella le puso la mano en los labios para que no continuase. Se dio cuenta de que la miraba con deseo y sonrió.

—Te amo, Lysandros, pero ¿no piensas que nos estamos precipitando?

—No había estado tan seguro de nada en toda mi vida.

—¿De verdad quieres que nos casemos?

—Sí, Río. Sí.

–En ese caso, será mejor que me lleves de vuelta a la isla.

–Todavía no –le contestó él–. Antes deberíamos besarnos y acariciarnos un poco.

Rio sonrió y él inclinó la cabeza y le demostró con un beso lo mucho que la amaba.

–Te amo tanto –murmuró ella contra sus labios.

–En ese caso, dime que vas a casarte conmigo.

Ella sonrió.

–Nada me haría más feliz.

Lysandros volvió a besarla y empezó a acariciarla y, de repente, se interrumpió y dijo:

–Qué mala suerte que no estemos en el yate.

–¿Por qué? –preguntó ella, sonriendo con malicia.

–Porque quiero hacerte el amor, ahora mismo. Quiero demostrarte lo mucho que te amo.

–En ese caso, esperaré con ansia nuestra noche de bodas –le respondió ella ruborizándose y bajando la mirada.

Él le levantó la barbilla para que lo mirase a los ojos.

–¿Me vas a hacer esperar hasta que estemos casados?

–Sí –le susurró ella–. Y a partir de entonces espero que me demuestres todas las noches cuánto me amas.

A Lysandros se le oscureció la mirada.

–Será un placer.

Epílogo

LA NUEVA temporada de la orquesta estaba en marcha y, con Judith al frente, Rio no había tenido ninguna duda a la hora de continuar con su carrera. Xena, que se había recuperado por completo del accidente, también volvía a tocar el violín.

La Navidad estaba muy cerca y Rio se había tomado algo de tiempo libre para un evento muy importante. Xena y Ricardo se habían casado en Roma, el lugar perfecto para una boda y un lugar muy especial para pasar tiempo junto a Lysandros.

Mientras Xena y Ricardo intercambiaban los votos, ella había mirado a Lysandros y había recordado el día de su boda, que habían celebrado a finales de verano en la isla, cuatro meses antes.

No había sido una gran boda en una bonita iglesia, pero se había casado con el hombre al que amaba que, además, la amaba y cuidaba a ella.

–¿Te he dicho ya lo guapa que estás? –le preguntó Lysandros, sacándola de sus pensamientos.

–Sí –respondió ella sonriendo–. Alrededor de una docena de veces.

–Venid aquí –los llamó Xena–. Poneos en las fotografías.

Lysandros sonrió a Rio.

–No tenemos escapatoria. Ya sabes cómo es mi hermana.

–Y por fin tiene lo que siempre había querido –le respondió ella–, dos finales felices.

–Sois dos chicas muy románticas –dijo él en tono burlón mientras se dirigían hacia los novios.

Mientras posaban con los novios, Rio miró a su marido y se preguntó cómo iba a tomarse la noticia de que iba a ser padre.

Él le había dicho que el pasado ya era pasado y que quería tener hijos, pero Rio se había hecho la prueba de embarazo el día anterior y le preocupaba que fuese demasiado pronto para darle aquella sorpresa. Por eso había decidido que lo haría cuando estuviesen a solas.

–Tenemos buenas noticias –comentó Xena en ese momento–. Ricardo y yo estamos esperando un bebé.

–Cómo me alegro –respondió Rio emocionada.

Iba a ser mamá a la vez que su mejor amiga.

–Solo hay una cosa que podría alegrarme más que esa noticia –añadió Lysandros, felicitando a los novios–. Y sería poder deciros lo mismo.

Rio respiró hondo y tocó el brazo de su marido. Él la miró y Rio asintió, pero no quiso decir nada más porque no quería protagonismo el día de la boda de Xena.

No obstante, Lysandros no se pudo contener y la levantó en volandas.

–Al parecer, podemos decir lo mismo –anunció entonces.

Xena se lanzó a los brazos de su hermano.

–Siempre supe que erais la pareja perfecta –le dijo, acercándose después a tomar las manos de Rio.

Las dos se miraron con cariño, felices, y se abrazaron mientras se felicitaban la una a la otra.

Después Lysandros volvió a tomar a Rio entre sus brazos y la besó, transmitiéndole de ese modo lo feliz que estaba con la noticia de ser padre.

–Te amo, Rio Drakakis, y no podría ser más feliz. Voy a ser padre.

Ella sintió que le estallaba el corazón. A pesar de lo que le había ocurrido a ella en Londres y del accidente de Xena, ambas habían tenido un final feliz.

Bianca

Seducida por placer...
Reclamada por su hijo

CELOS DESATADOS

Chantelle Shaw

Sienna sabía que era un error asistir a la boda de su exmarido, pero sentía curiosidad por ver a la novia por la que Nico la había sustituido. ¡Pero el novio no era Nico!

Avergonzada, Sienna intentó huir, pero no consiguió escapar de la iglesia lo bastante deprisa. Cuando Nico le dio alcance, la ardiente pasión que los había consumido en el pasado se reavivó con igual intensidad, y Sienna acabó pasando una última noche en la cama de Nico...

¡Una noche que la dejó embarazada del italiano!

Acepte 2 de nuestras mejores novelas de amor GRATIS

¡Y reciba un regalo sorpresa!

Oferta especial de tiempo limitado

Rellene el cupón y envíelo a
Harlequin Reader Service®
3010 Walden Ave.
P.O. Box 1867
Buffalo, N.Y. 14240-1867

¡Si! Por favor, envíenme 2 novelas de amor de Harlequin (1 Bianca® y 1 Deseo®) gratis, más el regalo sorpresa. Luego remítanme 4 novelas nuevas todos los meses, las cuales recibiré mucho antes de que aparezcan en librerías, y factúrenme al bajo precio de $3,24 cada una, más $0,25 por envío e impuesto de ventas, si corresponde*. Este es el precio total, y es un ahorro de casi el 20% sobre el precio de portada. !Una oferta excelente! Entiendo que el hecho de aceptar estos libros y el regalo no me obliga en forma alguna a la compra de libros adicionales. Y también que puedo devolver cualquier envío y cancelar en cualquier momento. Aún si decido no comprar ningún otro libro de Harlequin, los 2 libros gratis y el regalo sorpresa son míos para siempre.

416 LBN DU7N

Nombre y apellido	(Por favor, letra de molde)
Dirección	Apartamento No.
Ciudad	Estado	Zona postal

Esta oferta se limita a un pedido por hogar y no está disponible para los subscriptores actuales de Deseo® y Bianca®.
*Los términos y precios quedan sujetos a cambios sin aviso previo.
Impuestos de ventas aplican en N.Y.

DESEO

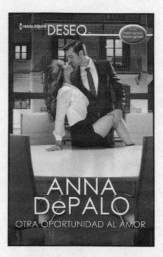